末日時在做什麼？能不能再見一面？

10

枯野 瑛
Akira Kareno

illustration ue

Kadokawa Fantastic Novels

末日時
在做什麼？
能不能
再見一面？

contents

Characters

瑪格莉特・麥迪西斯

暱稱為瑪格或莉妲。
諜報組織「艾爾畢斯殘光」的首領。

威廉・克梅修

曾以準勇者（Quasi brave）身分與星神戰鬥過的成員之一。
雖然死了，但透過古代祕術暫時甦醒。

〈終將來臨的最後之獸〉（Heritier）

〈十七獸〉。能創造出吸收者期望的景象，
一個獨立的世界。
將二號懸浮島連同星神一起吸收後，
就一直沒有動靜。

艾陸可

年幼的星神（Visitors）。妖精們的靈魂始祖。

蒙特夏因

、少年。與艾陸可一起在妖精倉庫生活。

「伊歐札」

阿爾蜜塔在戰場上遇見的青年。
來自遙遠的國家，為了尋找世界樹四處旅行。

愛瑪・克納雷斯

緹亞忒在城裡遇見的女性。身邊有許多貓。

極星大術師（Magus of Pole Star）

緹亞忒在城裡遇見的穿白披風的少年。
擁有豐富的知識，能夠施展強大的祕術。

紅湖伯（Camine Lake）

地神（Poteau）之一。

黑燭公（Ebon Candle）

地神之一。

翠釘侯（Jade Nail）

地神之一。

費奧多爾・傑斯曼

艾爾畢斯國出身的墮鬼族（Imp）。
護翼軍的前四等武官。喜歡甜甜圈。

緹亞忒・席巴・伊格納雷歐

黃金妖精（Leprechaun）。成體妖精兵。
英雄。現為隸屬護翼軍的三等武官。

潘麗寶・諾可・卡黛娜

黃金妖精。成體妖精兵。
現為隸屬護翼軍第五師團的四等武官。

可蓉・琳・布爾加特里歐

黃金妖精。成體妖精兵。
現為隸屬護翼軍第五師團的四等武官。

娜芙德・卡羅・奧拉席翁

黃金妖精。成體妖精兵。
目前隸屬護翼軍第二師團，相當於三等技官。

菈恩托露可・伊茲莉・希斯特里亞

黃金妖精。前妖精兵。
目前擔任大賢者的代理人。

艾瑟雅・麥傑・瓦爾卡里斯

黃金妖精。前妖精兵。
已經退休並返回妖精倉庫。

阿爾蜜塔

黃金妖精。成體妖精。
未被登錄為妖精兵。

優蒂亞

黃金妖精。成體妖精。
未被登錄為妖精兵。

莉艾兒

年幼的黃金妖精。住在妖精倉庫。

Do you have what THE END?
May I meet you once again?

「然後，抵達這片天空」

-through the breach-

——瀕臨終結的世界，理所當然地尚未終結。

無論情況多令人絕望，在真正的末日到來之前，都還不會結束。

既然尚未結束，那個世界的居民該做的事情就確定了。

總共花了五年的時間。

菈恩托露可・伊茲莉・希斯特里亞與其他大賢者的親信花費如此漫長的時間，描繪出精緻又巨大的咒蹟（Thaumaturgy）。

那個咒蹟唯一的功能，就是在原本無法入侵的二號懸浮島結界上開一個小洞。那個洞真的非常小——和飛空艇同尺寸的物體無法通過，而且還無法維持太久就封閉了。所以能透過這個方法運送的戰力也有限。而且理所當然地，失敗了就沒有下一次機會。

但是，這是唯一能夠在不破壞懸浮大陸群（Regulu Ere）的情況下將戰力送進二號懸浮島的方法，也是最後的希望。

「…………看得見了。」

二號懸浮島所在的高空總是被特殊的烏雲籠罩。

能夠突破這層烏雲的飛空艇有限，其中最大的一艘，就是妖精們現在搭乘的「菲羅埃萊亞斯」。

在烏雲籠罩的天空上，緹亞忒透過圓形窗戶看見了那個。

顏色是黑色。

質感宛如水晶。

至於形狀，就像是巨大的花盆。

「可惡的〈最後之獸（Heritier）〉，居然將至高無上的聖域變成這種有趣的模樣。」

表情非常興奮的潘麗寶語帶悔恨地說道，卻被蛙臉士兵指謫：「那裡的外觀原本就是這樣。」

仔細一看——島上各處都有水溝或管線讓水流通，並無視季節地生長著各種草木。或許是因為結界阻隔了暴風的影響，那裡遠遠看起來顯得十分平靜。

「也還沒看見那些白色的傢伙呢。」

可蓉將手抵在額頭上，瞇著眼睛說道。

「是因為還有段距離吧？三十九號島的時候也是這樣。」

「好像是呢。」

所謂三十九號島的時候，當然是指她們五年前與〈最後之獸〉戰鬥時獲得的經驗。遠遠望去什麼都沒有，不過一旦拉近距離，踏入本質為結界的〈最後之獸〉的領域時，周圍的世界看起來就會截然不同。

「據說結界就像是蛋殼。從外面根本看不見內側世界的真實樣貌。必須打破蛋殼進入內部才能看見。」

結界是阻隔在世界與世界之間的牆壁，其內側是與懸浮大陸群（這裡）不同的**異世界**。

「裡面到底是什麼樣的世界呢？」

這句話並非詢問，只是順口說出的疑問吧。阿爾蜜塔的低喃，讓緹亞忒稍微思索了一下。

「……這要看被關在裡面的核心是誰。所以說，既然這次裡面的人和三十九號島完全不同，上次的經驗或許會完全派不上用場。」

她們的敵人——〈終將來臨的最後之獸（Heritier）〉的本質是巨大的結界。

結界是一個從周圍切割出來的小型世界。雖然巨大的小型世界有點不知所云，但這就是〈最後之獸〉可怕的地方。據說那個成長過度的世界，遲早會開始破壞外側的世界。

而所謂的結界，在構造上一定會有核心。

核心是持續定義結界內側世界的**存在**。可能是模仿理想世界樣貌的箱庭，或是一個持續夢想那種樣貌的個人。只要破壞或強行取走那個核心，結界就無法繼續維持下去，進而崩壞。

問題在於〈終將來臨的最後之獸〉本身沒有核心，所以應該是將某人吸收到內側，將其作為核心。上次的核心是基於思鄉之情踏入三十九號島的獸人們。而目前被封印在二號懸浮島的則是大賢者與星神(Visitors)等，在懸浮大陸群相當於神話人物的存在。

「星神大人們作的夢啊……」

「果然很複雜又混亂吧。」

優蒂亞不知為何開心地插嘴，或許是試著想像了那個錯綜複雜的世界，阿爾蜜塔輕輕顫抖了一下。

「要開門了！」

飛空艇的出入口緩緩開啟，強風伴隨著猛烈的聲響吹了進來。

「距離咒蹟設定的延遲發動，進入倒數三百秒！因為撐不了多久，等結界一開洞，就要立刻衝進去！」

士兵說完後，緹亞忒聳肩，輕輕拍了一下後輩們的背。

她催發魔力(Venenom)，大大敞開幻翼。而阿爾蜜塔稍微慢了一步，優蒂亞則是慢了很久才各自做好準備。

可蓉和潘麗寶都一副泰若自然的樣子，但那兩人這樣就行了。

「懸浮大陸群的未來，就拜託各位了！」

緊貼著牆壁避免被風吹走的蛙臉士兵，用足以蓋過風聲的音量吶喊似的說道。

「看我的心情吧。」潘麗寶如此回答。

「我會盡力而為！」可蓉笑著說道。

「我沒什麼信心呢。」優蒂亞搔著臉說道。

「我、我會努力，嗯！」阿爾蜜塔表情嚴肅地點了好幾下頭。

「…………」

緹亞忒微笑著看向這些同伴。

妖精們的戰鬥將決定懸浮大陸群的未來。雖然聽起來很誇張，但仔細想想原本就是如此。過去〈深潛的第六獸(Timere)〉襲擊這片天空時，類似的戰鬥一直理所當然似的反覆發生。

即使迷惘、受傷甚至喪命，學姊們依然挺過了這些戰鬥。所以這片天空才會存續到現在。

她們接下來將開始仿效那些學姊。雖然或許無法做得跟學姊們一樣好，但還是會全力貫徹自己的作法。

「奶油蛋糕？」

「沒錯，奶油蛋糕。等妳們回來，會讓妳們吃到撐喔。」

緹亞忒想起出發前從艾瑟雅那裡聽來的話。

「珂朵莉當時為了激勵自己一定要活著回來，似乎立下了這樣的約定。我本來以為這只能當作一時的寬慰，但結果實在是不容小看，發揮了不得了的效果。」

「……我認識的珂朵莉學姊看起來沒有那麼貪吃……」

「因為她一直瞞著妳們啊。」

艾瑟雅感慨地搖頭。

「總之她就是那樣的人。在上戰場前，先決定好回來後想做的事情。妳有類似的想法嗎？」

被艾瑟雅這麼一問，緹亞忒稍微思考了一下才回答。

「如果是這樣……應該算是有想做的事情吧。」

「喔？妳想吃什麼？」

「不，我不是想吃東西。而是想揪住某個傢伙的胸口甩幾下，然後狠狠給他一拳。在達成這個目的之前，我說什麼都不想要消失。」

「……這個慾望和妳在阿爾蜜塔她們眼中的形象落差很大呢。」

「要幫我保密喔。」

（……嗯。）

緹亞忒悄悄在胸口握拳，輕輕點了一下頭。

就算只是一時的寬慰也沒關係，她也有回來後想做的事情。雖然不像珂朵莉學姊的奶油蛋糕那麼積極樂觀，但這也是她無法退讓的重大決心。

（為了狠狠揍那傢伙一拳……為了再見到他一面。如果這個世界現在毀滅了，會很令人困擾。所以——）

一道強光在眼前的天空中炸裂。

覆蓋二號懸浮島周圍的無形屏障，突然浮現出宛如肥皂泡的色彩。接著屏障上的某處迸發出一道蒼白的雷光。雷光在肥皂泡上肆虐，開出一個圓形的洞。

「我來當先鋒！」

「加我一個！」

潘麗寶和可蓉跳了出去，在空中展開幻翼，筆直飛向那個洞。

在對那兩人感到傻眼的同時，緹亞忒也重新背起兩把大劍。

「好了，走吧。不要落後喔。」

她笑著向兩名後輩說道，然後自己也縱身跳進空中。

「不被允許存在的搖籃世界（上）」

-what a beautiful world-

1.（突擊）

那座宅第被稱作妖精倉庫。

雖然不清楚理由，但大家都這樣稱呼那裡。

少年不知道「妖精」是什麼。雖然不知道，但他可以理解世界上有東西叫那個名字。而這裡之所以被稱作妖精倉庫，應該也是有什麼相對應的理由，只是自己不知道而已。

這個世界很大。他明白自己不知道的事情很多，也沒有迫切地想知道所有的一切。只要慢慢花時間理解就好。

「放晴了！」

一個女孩子開心地喊著，從屋子裡衝了出來。大大小小的生物也追著她衝出屋子。長著狗頭的生物、長著鳥翅膀的生物、毛茸茸的生物、腳很多的生物、身上有甲殼的生物、長著鱗片的生物，這些生物有大有小，甚至還有全身是血的生物，以及透明到能看見其背後景色的生物。
這些各式各樣的生物都追著女孩在泥濘上奔跑。
泥濘。
少年慢了一拍才察覺「放晴了」的意思。直到剛才都還在下雨。而現在雨停了，所以地面一片泥濘，可以在和平常不同的地面上跳來跳去。
「哇哈！」
少女發出無法分辨是慘叫還是歡呼的聲音，在地上跑個不停。各式各樣的生物追在她後面跑，濺起許多泥巴。
少年茫然地看著這幅場景——然後察覺自己應該也能追上去。他用力從椅子上起身，從窗戶出去……有點太勉強了，所以他從門口出去。
少年踏上變得像沼澤的地面。好冷。泥土像是要從他腳下逃離般稍微滑動了一下。等他驚訝地想抬起腳時，身體已經失去平衡，右半身就這樣重重地摔倒在地。
「哇噗！」
少年感覺是第一次聽見自己發出這麼奇怪的聲音。
手臂和肩膀都被泥巴弄髒了。冰冷的地面開始剝奪身體的體溫。就在他想著該怎麼辦

時──

一隻嬌小的手臂伸到他眼前。

「……嗯。」

女孩將手伸向他。

因為感覺對方像在叫他握住，所以少年就這麼做了。女孩開始用力，大概是想拉少年起來吧。不過她的臂力無法支撐少年的體重，加上腳步也踏得不夠穩。在感覺到腳底一滑的同時，少女也漂亮地摔了一跤。

泥巴飛濺，兩人全身都變得髒兮兮的。

「啊哈哈！」

女孩笑道。

「真開心呢。」

──啊啊，原來如此。這個女孩笑著說「真開心」。這表示這段時間和這段體驗是美好的。

少年在明白這點後，內心首次產生波瀾。萬里無雲的晴朗天空、從天而降的陽光、反射陽光的雨滴所折射的光輝，以及將這一切包含在內，放眼望去的整個世界。少年認知到這一切全都是美好又有價值的事物。

「真是，開心呢。」

少年斷斷續續地重複少女的話。

然後，儘管沒什麼自信能夠做得好，他還是試著露出同樣的笑容——

「……？」

他仰望天空。

並非因為看見或發現了什麼，只是心裡確信發生了某種異常狀況。現在這一瞬間的世界，與之前的世界有些微不同。他有這種感覺。

不過奇妙的感覺就只是一種感覺。不明白是非善惡的少年，無法判斷那是好是壞。當然更無法以言語描述——有來自外面的異物在剛才混入了這個世界。

所以他只能茫然地眺望著天空。

2. 阿爾蜜塔與燃燒的森林

護翼軍和妖精們的作戰有個很大的失算。

結界內部是一個世界，妖精們都清楚記得這一點。不過，他們想得還不夠深入。

二號懸浮島並不大。將其包圍起來的結界，內側的**規模**應該不可能太大。他們是這麼認為的。

結界內部是一個世界。

然後——**只要有人持續觀望，那個世界就能無限制地擴大**。

†

——首先感覺到的，是強烈燒灼皮膚的高溫。

鼻子深處也受到強烈的刺激。阿爾蜜塔反射性地想咳嗽，但急忙忍耐。

眼前是一片由紅色與黑色組成的景象。正確來說，是吞噬了一切的激烈火勢，以及掩蓋萬物的黑夜。除此之外什麼都看不見。

森林在燃燒。

自己正置身其中。

（……這是……怎麼回事……？）

為什麼自己會面臨這種狀況？

這裡是哪裡，正在發生什麼事？

（為什麼？什麼時候？）

在闖進這個世界前，她已經做好會遇到驚人狀況的心理準備。然而這個遠遠出乎意料的異常狀況，輕易就讓原本有所防範的內心失去冷靜。

「……優蒂亞？緹亞忒學姊？」

她大聲呼喊同伴的名字。

「可蓉學姊？潘麗寶學姊？大家都去哪裡了？」

等她一一叫完所有人的名字後，才察覺兩件事。第一，在還沒摸清狀況前，不應該隨便大喊，她事後才開始反省。第二，樹木爆裂開來的聲音太大，所以不管她怎麼叫都不可能會有人聽見——

此時，熱風的風向突然改變，帶來遠處的聲音。

低沉的金屬聲響。

某人模糊的呻吟聲。

（有人……？）

阿爾蜜塔轉向聲音的方向——但在邁開腳步前猶豫了一下。

嚥了一下口水後，她重新踏出腳步。

阿爾蜜塔很快就找到聲音的主人。或者應該說，是對方主動現身。

兩個人影穿過樹叢，從黑暗中衝了出來。

其中一個是身材細瘦的青年——乍看之下沒有長著獠牙、毛皮、角或翅膀，也就是所謂的無徵種；另一個則是外表特徵十分明顯，身材高大且長著豬頭——推測是豚頭族（Ork）的男子。

兩人都穿著破損的皮革鎧甲，身上沾滿血跡。

這樣的組合，當然不可能散發出祥和的氣氛。青年的表情因疲憊、緊張和恐懼而扭曲，豚頭族的臉上則是充滿瘋狂和喜悅。此外，豚頭族高高舉起的右手還握著凶惡的大刀。

「不、不行！」

大刀揮向青年的背……無法坐視不管的阿爾蜜塔飛奔過去。

她介入兩人之間，全力撞向豚頭族的腹部。

當然，以少女的臂力和體重根本無法撼動豚頭族一分一毫。即使如此，豚頭族的動作還是停了下來。他仍高舉著大刀，只有轉頭確認是誰突然跑來礙事。巨大的眼球上下打量著阿爾蜜塔。

接著豚頭族舔了一下舌頭，露出心懷不軌的笑容。

阿爾蜜塔不曉得什麼是好色的眼光。妖精只有女性，在妖精倉庫生活也沒機會遇見無徵種的男性，或是會對無徵種的女性產生性慾的種族，所以她不曉得那個表情代表什麼意思。不過一股從背後竄起的奇妙厭惡感，讓她忍不住縮起身子。

豚頭族伸出手。

「咿……」

阿爾蜜塔在千鈞一髮之際把手縮了回去。豚頭族的手因此撲空，但他當然不可能這樣就放棄。或許是獵物可愛的抵抗反而更讓他起勁，豚頭族緩慢地、接二連三毫不間斷地反覆伸出手，想抓住阿爾蜜塔。

「不、不要……」

無法理解。真的完全無法理解。但只有一件事情能夠確定，那就是一旦被那隻手抓到，自己一定會遇到很慘的事情。

想著必須抵抗。

至於該怎麼做，沒錯，就是魔力。

即使呼吸凌亂，阿爾蜜塔仍勉強開始催發魔力。她抓住從行囊內突出來的劍柄，拉出劍身被布團團包住的遺跡兵器(Dagr Weapon)。

「請、請不要過來！這個很危險喔！」

她將劍對準敵人。

豚頭族停下腳步。他花了幾秒交互看向那把劍和阿爾蜜塔的臉。然後，大概是判斷不會構成威脅，他繼續縮短距離。

明明已經警告過對方別再靠近。

阿爾蜜塔不顧一切地揮起了劍。儘管技術還有些拙劣，靠魔力增強的臂力還是讓她的身體免於被金屬的重量拉著跑。包在遺跡兵器外面的布破裂，露出正在發光的劍身。

劍尖掠過豚頭族的臉頰。

鮮血流出。

豚頭族臉上的笑容消失。他用指尖摸了一下自己的臉頰，確認那股溼黏的觸感，以及被火焰照亮的紅色。

眼睛裡隱藏的慾望變質了。豚頭族認定眼前的對象是危險的敵人。

大刀被用力舉起。

（不要……）

身體受到恐懼的驅使。

還不習慣使用魔力的阿爾蜜塔，無法進行精密的控制。

遺跡兵器帕捷姆，這把在眾多遺跡兵器中威力也算是相當強大的劍，在完全被魔力激發的狀態下揮出。

——手感輕到讓人驚訝的程度。

阿爾蜜塔不知不覺閉上了眼睛。注意到這點後，她緩緩睜開雙眼。

森林在燃燒。火焰與黑暗喧鬧地舞動。

豚頭族的身影已經消失無蹤。

眼前只剩下……上半身被沉重又狂暴的凶器砍斷的白色人型物體。在隔了一段距離的地方，躺著一個曾是上半身的白色塊狀物。

（啊……）

她想起從其他妖精學姊們那裡聽說的事情。〈最後之獸〉創造出來的世界會以作為核心的人物記憶為基礎，重現出記憶內的人物。那些人物都是由扁平的白色人偶扮演，只要給予它們強烈的衝擊就能解除變身——

阿爾蜜塔嚥了一下口水。

就像剛才那樣嗎？

阿爾蜜塔沒有感受到殺人的震撼，因為她只是破壞了模仿生命活動的白色人偶。雖然殺人違反倫理，但沒有生命的妖精原本就對此沒什麼抗拒感。

不過有另一件事讓她感到不知所措。

她聽見了一陣宛如將砂礫甩在岩石上般的刺耳喊叫聲。

阿爾蜜塔抬起頭。在火焰的對面，又出現了幾個新的豚頭族。他們全都看向這裡，發出充滿警戒與敵意的吼叫聲。

情況不妙。

如果和那幾個人戰鬥，應該還是會贏吧。雖然是初次戰鬥，但阿爾蜜塔畢竟是能催發魔力並裝備著遺跡兵器的妖精兵。她現在的戰力足以在與〈獸〉戰鬥的大規模戰場上擔任主力，動作應該不會比單純受過一些訓練的士兵還慢。

然而，她不認為這麼做是正確的。在那幾個人背後應該還有幾十個人，就算有更多人也不奇怪。

從別的方向傳來了聲音。

阿爾蜜塔回頭一看，發現剛才的青年將臉轉向這裡大聲呼喊。雖然聽不懂他在說什麼，但從這個狀況、語氣和表情能夠推測出內容。

（是要我跟上去嗎……？）

不知所措的阿爾蜜塔一點頭，青年就跟著點頭回應，然後開始跑向和豚頭族們不同的方向。

阿爾蜜塔在心裡想著該怎麼辦？

無法理解。這裡是哪裡，自己為何會在這裡，還有同伴們——優蒂亞和學姊們為什麼不在這裡？

她順勢殺——破壞了一個豚頭族士兵，被無徵種的青年視為同伴。到目前為止的發展，究竟是否正確。

目前不知道的事情太多了，根本無法判斷該怎麼辦才好。

唯一能確定的是，就算繼續呆站在這裡，情況也不會好轉。既然如此，即使不曉得該怎麼辦，也必須採取行動。

（……嗚嗚……）

這種時候，如果是緹亞忒學姊會怎麼做呢？

會在煩惱的過程中找出該做的事情，然後自信滿滿地展開行動嗎？

即使在腦中想著這些事，阿爾蜜塔終究仍是阿爾蜜塔・賽蕾・帕捷姆，沒辦法做到與憧憬之人一樣的事。她頂多只能模仿到煩惱的部分，其他全都辦不到。

既然辦不到，就先做自己目前辦得到的事情吧。

「好！」

阿爾蜜塔拍了一下自己的臉頰，然後跟在青年後面跑了起來。

森林在燃燒。

夜晚的黑暗和火焰像是糾纏在一起互相吞噬般，持續舞動。

她的影子看起來像是正被無數的光源擺布，支離破碎地跳著舞。即使腳步不穩，好幾次都差點跌倒，她還是持續跑著。

3．緹亞忒與帶著貓的女子

「唔……啊……」

為什麼會變成這樣？

緹亞忒‧席巴‧伊格納雷歐呻吟著自問。即使知道不會有答案，她還是忍不住想問。

這是因為狀況實在遠遠超出她的理解——順帶一提，她現在能做的事情也只剩這個。

（呃……）

先確認狀況。沒錯，這點很重要。

她目前置身於城內。

緹亞忒對周圍的建築物風格有印象，這裡的巷弄也不怎麼複雜。她聽見像是人發出的聲音，朝聲音來源走了一會兒後，來到一條人潮往來的大路。

「……這是？」

這次，她將心裡的困惑化為言語脫口而出。

緹亞忒明白了幾件事。儘管有些部分和她熟悉的地方很像，但這裡並非懸浮大陸群，也不是仿照和那裡有關的記憶重現的場景。只要觀察路上行人的外表和聽過他們的談話，自然就會發現這點。

在懸浮大陸群，這種石造街景基本上只會出現在以獸人為中心的聚落中。然而這裡只有無徵種，顯得非常不自然。每位行人身上都沒有長著毛皮、獠牙、角或翅膀，而且也沒有人說大陸群公用語。

「不好意思……」

緹亞忒也有試著用大陸群公用語向路人搭話，但每個人聽見後都表現出聽不懂的樣子，只用動作指示她去找別人後，就走掉了。

她很少遇到語言不通的狀況。

之前去貴翼帝國時，她姑且有過聽不懂周圍的人在說什麼的體驗。不過即使是那時候，只要自己主動用大陸群公用語搭話（雖然這樣多少會被瞧不起），對方還是聽得懂。

然而，在這裡就連那樣的反應都沒有。

那麼，綜合這些情報來看。

（這裡究竟是哪裡？）

能想得到的答案只有一個。在大陸群公用語普及前，或者說在懸浮大陸群浮上空中前實際存在過的城市……說得更正確一點，是重現某人回憶裡的那座城市。

（……人族（Emnetwiht）的城市啊。）

雖然目前還只是單純的推測，但緹亞忒心裡幾乎已經確信。

這裡是已經毀滅的古代邪惡都市。光是這樣，就已經夠讓人覺得浪漫了。這裡比所有在懸浮大陸群繁榮的古都還要更古老……甚至還有些古都在興建時是參考這種古代都市。

再加上於懸浮大陸群幾乎已經找不到關於那段期間的資料。前往地面這件事本身就危險至極，所以也沒人做過調查。五百年對長壽種族來說也算是相當漫長的時光，如今知道當時狀況的活證人，只剩下大賢者史旺．坎德爾一個人。

當然眼前的場景，應該只是〈最後之獸〉映照出的某人回憶的夢境。不過既然是回憶，至少可以確定比後世擅自想像的狀況還要接近現實。

（太失敗了。早知道就跟他學一些人族的語言了。）

語言完全不通是很大的打擊。妖精們是為了完成重要的任務才來到這裡，而為了完成任務，必須收集到必要的情報。所以最好是能和這裡的人對話。

「嗯……」

該怎麼辦才好。如果現在開始仔細聆聽周圍的對話，應該多少能學會一點吧。光是學會簡單的招呼方式，就會方便不少吧。緹亞忒在心裡想著這些事，澈底疏忽了對周圍的警戒。

此時，某人從後面將手放在她的肩膀上。

緹亞忒驚訝地回過頭，發現一個她（理所當然）不認識的男子。男子穿著塗成深藍色的皮甲，腰間掛著一根看起來很堅固的警棍。緹亞忒心裡瞬間閃過「這打扮真像衛兵」的念頭，但立刻打消這樣的想法。根本不只是像，從這個狀況來看，怎麼想都是真正的衛兵。

男子快速說了些什麼。從語氣判斷，應該是在提出詢問。

「呃，那個……」

緹亞忒的腦袋變得一片空白。

到底該怎麼回答才好。因為不曉得怎麼說自己不是可疑人物而且沒有敵意，所以被問這麼多問題也很困擾。這下不妙了，畢竟她真的是可疑人物，還是這個世界的敵人，而且緹亞忒根本無法用她知道的語言和男子溝通，看來真的是萬事休矣。

或許是感覺到她的混亂，眼前的衛兵停止詢問，疑惑地歪著頭露出困擾的表情。看來對方至少察覺兩人語言不通了。

究竟該怎麼突破這個困境呢。想打應該打得贏，想逃應該也逃得掉，但無論選哪一個，都不利於之後收集情報。可以的話，緹亞忒想採取別的作法——

『請問，妳該不會正感到困擾吧？』

——背後再次傳來其他聲音。

緹亞忒一開始從發音判斷是異國的語言，所以差點無視。不過她立刻察覺自己不知為何聽得懂那些話。

她用混合了驚訝和混亂的表情回頭一看。

那裡有一隻小貓。

不對，正確來講，是一位不知為何將小貓放在自己肩膀上，穿著長袍的女子。

這讓緹亞忒瞬間懷疑對方是否真的是人族。女子擁有鮮豔的翠銀色頭髮，以及散發同色光輝的雙眸。來到這個世界結界後，緹亞忒察覺人族的髮色（相較於自身妖精們）大多都很樸素。然而，這頭顏色明亮華麗的秀髮明顯不符合這個法則。

『妳是外國人吧？還不會說這個國家的語言嗎？』

「咦……啊，是的，大概就是……那樣……？」

緹亞忒在點頭的同時，內心充滿了疑問。兩人正使用完全不同的語言，進行著理應無法成立的對話。這個現象究竟是怎麼回事？

『既然帶著教會持有的伊格納雷歐，妳應該是準勇者(Quasi Brave)吧。是為了完成某個使命才會來到這裡吧？』

女性看向緹亞忒背在背上的兩把大劍的其中一把——雖然用布包著，但為了能隨時拔出而只露出劍柄部分的劍。

「呃……」

『啊，沒關係，可以不用跟我說明，我知道你們很多事情都是機密，這我非常明白。』

在緹亞忒開口前，女子就先自己做出結論。她頻頻點頭並轉向剛才的衛兵，然後（無視當事人）向對方說明這個人是和讚光教會有關的人，既不危險也不可疑所以不用擔心。衛兵點點頭，又用緹亞忒聽不懂的語言問了幾個問題，但她只能在一旁茫然地看著兩人對話。

此時，她發現女子胸前用繩子吊著一片閃亮的金屬片。

那不是裝飾品。女子看起來也不像是拿來當裝飾。那麼如果要問那是什麼，緹亞忒知道該怎麼稱呼那個東西。那是——

「護符（Talisman）……？」

女子聽見這聲低喃，瞄了緹亞忒一眼，然後淺淺一笑。

就在這段期間，女子和衛兵似乎已經有了結論。

衛兵微微敬了一禮就離開了。

『那麼。』

女子輕輕拍手，轉向緹亞忒。

『雖然這麼問有點唐突，但妳現在有空嗎？』

小貓跟著「喵～」了一聲。

†

腳步聲朝右邊移動。

緹亞忒盯著那道背影。

『我不會過問太多，因為和教會有關的使命通常都很複雜，這我非常明白。』

腳步聲朝左邊移動。

緹亞忒繼續盯著那道背影。

『既然被託付了伊格納雷歐，表示是不會記錄在聖錄內的使命吧？應該有很多事情要保密吧？』

「呃……是的。」

雖然聽不太懂，但既然對方願意不過問，那緹亞忒也沒什麼好說的，因此她乾脆地點點頭。

腳步聲再次朝左邊移動——這次緹亞忒不再看向對方的背，改為環視周圍。

這個在小巧的房屋內相對寬敞的空間，大概是客廳吧。之所以判斷這裡是客廳，是因為掛在牆上的畫和桌子等家具，看起來很有客廳的感覺。而加上「大概」的理由，則是因為這個房間裡大量存在著兩樣不太像客廳會有的東西。

首先是書。從厚重的學術精裝書到小孩子看的繪本，這裡擺了種類繁多的書籍。就連牆邊的書櫃都塞不下，必須堆在壁爐上方和地板上。

另一樣是貓。黑貓、白貓、焦茶色的貓、花斑貓，五顏六色的毛球分散在房間各處，舒服地縮成一團。

『妳要幾顆方糖？』

「啊，請給我兩顆。」

『好的。』

緹亞忒重新看向眼前的女性。

雖然她的五官看起來很適合憂鬱的表情，表情卻莫名給人一股親近感。如果只看這兩點，可以說和過去的艾瑟雅學姊有點像，不過給人的印象完全相反。該說是人格和人物形象搭不起來嗎？

雖然是個怪人，但又不讓人覺得奇怪。

（……這下麻煩了。）

女子是個性格強硬不愛聽人說話又帶著一堆貓，外加是個無徵種的普通人。

這讓緹亞忒想起白色人偶。

那些之前在〈最後之獸〉的結界中遇見的異形，會仿照結界內人們的回憶，扮演極度接近本尊的冒牌貨。

而它們只要受到強烈衝擊就無法繼續模仿，在露出真面目的同時消失不見，什麼都不會留下。

（這個人應該也是如此。）

無論做出什麼樣的舉動，表現得再怎麼像普通的無徵種，真面目都是其他東西。她應該也只是基於某人的回憶打造出來的幻影。

『那麼，我能幫得上妳什麼忙嗎？』

桌上的紅茶冒著熱氣，坐在對面的女子稍微往前探出身子。

『雖然我不會過問太多，但如果能告訴我一些可透露的情報，或許我能幫得上一點忙。別看我這樣，我在教會那裡還算有點門路。』

「……呃。」

『啊，不好意思自我介紹晚了，我叫愛瑪。』

女子將手放在胸前，稍微瞇起翠銀色的眼眸笑道：

『愛瑪．克納雷斯。讚光教會的……該怎麼說才好，像是需監視對象的感覺？』

「什麼？」

明明是自我介紹，但聽完反而更搞不懂對方的身分。

『不過我很無能，什麼都辦不到。現在也是依靠借來的東西才能和妳對話。』

「……是語言理解的護符吧。」

緹亞忒知道有這種東西。

她想起威廉・克梅修二等技官以前脖子上也掛著這個。只是眼前的護符和記憶中的護符外表完全不同。

『啊，妳果然知道呢。沒錯，就是在大陸各地奔波的準勇者們常用的那個。我本人雖然不是勇者(Brave)，但曾跟勇者一起行動過，所以才特別借我使用。』

「喔……」

居然有這麼方便的東西，真是太讓人羨慕了。

雖然緹亞忒腦中瞬間閃過跟對方借用的想法，但既然不是女子的私人物品，交涉起來應該不容易吧。於是她暫且擱置這個計畫。

「我叫緹亞忒。緹亞忒・席巴・伊格納雷歐。」

「喔喔。」

緹亞忒報完名號後，才想到用假名可能比較好。

女子——愛瑪不知為何露出理解的表情。

『既然連同自己帶的聖劍（Carillon）一起介紹，表示那是妳的外號吧。伊格納雷歐的使用者緹亞忒——真帥氣呢。』

「不，並不是那樣……」

緹亞忒差點反射性地想否認，但仔細想想，這樣講好像也沒什麼不對。

「我在找東西。」

看著兩顆方糖逐漸溶解，緹亞忒稍微用湯匙攪拌後，喝了一口紅茶。順口的澀味，在輕柔地掠過喉嚨後消散。這杯茶的風味和在倉庫或軍隊裡喝習慣的紅茶完全不同。

雖然不曉得自己比較喜歡哪一種，但這種茶確實也很好喝。

（……這是超過五百年前，人族喝的紅茶的味道呢。）

緹亞忒感慨地品嚐紅茶。

『找東西。』

「是的。所以我才會來這裡，但目前還不曉得該如何著手。那東西應該很顯眼，我想大概不會太難找。」

『是什麼樣的人呢？』

「說找『人』好像也不太對……」

緹亞忒稍微思索了一會兒。

目前還無法確定這位「愛瑪」是敵是友，不對，應該可以確定是敵人的一部分，重點是緹亞忒不曉得能透露到什麼程度。

「呃，我在找一位高大的老爺爺、一個很大的黑色頭蓋骨與其隨從、一條飄浮在空中的大魚、一名和巨大的軍馬一體化的騎士，還有星神大人。」

緹亞忒決定實話實說。

她說出一部分的事實，打算試探對方的反應。反正應該也沒人會相信這種荒唐無稽的事情。

『唔哇……不愧是教會的相關人士……』

「居然是這種反應？」

『怎麼了嗎？』

「沒什麼，只是有點意外妳居然會相信這些事。」

『畢竟每位勇者都理所當然地度過了波瀾壯闊的人生，就像童話（Fairy Tale）故事中的登場人物一樣。』

……黃金妖精（Leprechaun）也算是妖精（Fairy）的一種。雖然不太清楚勇者們的事情，但身為妖精的緹亞式，確實也算是童話故事般的存在。

『不過這樣應該不好找呢。感覺得像童話故事那樣翻山過海，前往特別的祕境才能找到呢。』

「某方面來說，我就是經歷過那樣的旅程才來到這裡……」

緹亞忒沒看過海，但知道地表的山脈遠比懸浮大陸群高聳，不過她好歹也是突破了層層烏雲才抵達這裡。應該能夠自豪地說自己跨越了各種辛苦的考驗。

此時門鈴的聲音響起。

一陣腳步聲沿著走廊逐漸靠近。

（從步伐的距離推斷，來的人身高應該不高。而且腳步相當快，應該是個有點性急的人……）

緹亞忒茫然地在腦中推測，轉頭望向通往走廊的門。

一位身材嬌小的少年走進客廳。

他的年齡應該和優蒂亞差不多，大概是十三或十四歲。少年擁有蓬鬆的金髮與淡藍色的眼眸。精緻的長袍上披著寬鬆的白披風，但他的身高太矮，導致下襬直接拖在地上。

少年發現緹亞忒後，用人族的語言說了一些話。緹亞忒聽不懂人族的語言，但大致從表情和語氣猜出了意思。他大概是在說「什麼啊，妳有客人啊」吧。

『我綁架了一位旅人。』

愛瑪開朗地說完後，少年表情有些不悅地嘟囔了幾句。

「呃，這位是……？」

『是的，他是我的同居人，不過更像是家人。他叫——』

此時，少年插嘴說了些什麼。

『——請稱呼他為極星大術師。』

「咦？」

這是名字嗎？

緹亞忒瞬間以為是語言理解的護符失效了。

「極星大術師（Magus of Pole Star）」。沒辦法，是本人要我這樣介紹的。』

「喔、喔……原來如此……？」

大概就類似化名吧。有些文化認為出生時從父母那裡獲得的名字代表那個人的本質，不應該隨便透露。擁有這種名字的人平常為了方便稱呼，會另外準備一個外號。

在緹亞忒認識的人中，「灰岩皮（Limeskin）」一等武官就是這種文化出身。所以即使地上有類似的文化也不奇怪。緹亞忒就這樣接受了這個名字。

『真是太剛好了。小極星是很了不起的學者，學識非常豐富。或許能幫忙緹亞忒小姐找人。』

少年大喊了些什麼。大概是在說：「小極星是什麼莫名其妙的簡稱，好好叫我的名字啊」吧。雖然緹亞忒還是一樣聽不懂人族的語言，但總覺得這位少年有點好懂。

少年的視線轉向這裡。

他的眼神透露出對陌生人的些微警戒，以及強烈到無法完全掩飾的好奇心。不知為何，這讓緹亞忒想起了叫菈恩托露可的學姊。

「呃……總之請多指教？」

因為覺得繼續沉默下去不太好，緹亞忒雖然知道語言無法相通，還是用懸浮大陸群的公用語如此說道。

少年稍微皺起眉頭。

他像是在思索什麼般沉默了一會兒——

「請多指教。」

然後簡短地**用緹亞忒聽得懂的語言**如此回答。

緹亞忒驚訝地看向愛瑪，後者不知為何得意地挺起胸膛——

『因為術術是很了不起的學者。』

這句話又讓少年開始大喊。大概是在說「哪有人這樣省略的，這不是比小極星還糟糕嗎」。

——不曉得其他人現在怎麼樣了。

潘麗寶、可蓉、阿爾蜜塔和優蒂亞。

她們在進入這個世界時，和緹亞忒失散了。所以，說不定大家全都被拆散了。若是如此，那她們現在的狀況還挺令人擔心的。尤其是阿爾蜜塔和優蒂亞，她們是在對妖精倉庫以外的世界幾乎一無所知的情況下，被丟進這個世界。希望她們沒陷入恐慌，或是立刻就順利與其他人會合。

雖然有些擔心，但緹亞忒並未感到不安。

即使陷入恐慌，或是無法立刻與同伴會合，她們一定也能克服困難。如果對她們沒有這種程度的信任，一開始就不會讓她們參與這場戰鬥。

比起這個，還是先擔心自己吧。

為了完成應盡的責任，先從能做到的事情開始著手吧。緹亞忒一路都是這樣走過來的。而目前唯一能做到的事情，就是盡可能從這位博學聰明又囂張無禮的少年身上獲取情報……

「好。」

緹亞忒用力點頭。

爬到她肩膀上的貓因此滑落，摔到地板上。

4. 阿爾蜜塔與邊境城寨

阿爾蜜塔在青年的引導下，逃離了火焰與戰場。

夜晚的森林與其說是陰暗，不如說是一片漆黑。原本光是在森林裡行走就相當危險，不過為了逃離更大的危險，現在也只能繼續前進。

對時間的感覺逐漸變得稀薄。即使不曉得自己正往哪裡前進，還是必須繼續邁出腳步。

走出森林後。

視野隨之變得開闊。

眼前是一片略被雲霧覆蓋的星空，以及沒什麼起伏的遼闊平原。差點發出驚嘆的阿爾蜜塔急忙將話吞了回去。

（……好寬廣。）

至少在妖精倉庫所在的六十八號懸浮島看不到這種景象。那座懸浮島比較小，地形的起伏也很大。不管往哪個方向看，都會立刻看見山脈或邊際（Rim），再往前就只能看見天空。

眼前這片寬廣的大地和那裡完全不同。地面與星空在遠方交會，而且那裡還不是地面的盡頭。

（這是……）

在阿爾蜜塔被這片異常又壯闊的景象震懾時，青年也沒有停下腳步。一條河流沿著森林外圍流動。青年通過由粗繩和木板搭建的簡陋木橋，繼續走了幾步。

然後他停下腳步，瞄了阿爾蜜塔一眼。

「啊。」

阿爾蜜塔急忙跟上那道背影。雖然繼續跟著走也有許多問題，但現在不該獨自行動。

†

那裡遠遠看起來像一座低矮的岩山。

走近一看，就會發現是一座石造的老舊城塞。

阿爾蜜塔對軍事設施並不熟悉。她看不出來城塞是否堅固，甚至無法判斷是大是小。

不過她印象中覺得這座城寨的規模應該不算大。這裡大概能夠容納一百名士兵，四周則是看起來無法輕易突破的石牆。

青年站在城門前方，向衛兵——果然也是無徵種——說了些什麼。衛兵先是露出驚訝的表情，接著用力點頭，打開了正門旁邊的小門。

青年再次回頭看向阿爾蜜塔。

（跟上去沒問題嗎……）

阿爾蜜塔困惑地遵從那道視線。衛兵再次露出驚訝的表情，但沒有多說什麼。或許是為了阻止外敵入侵，這道便門設計得非常小，差點卡到了阿爾蜜塔背在背上的帕捷姆。

城寨內瀰漫著一股淡淡的惡臭，以及明顯的疲憊感。

許多憔悴的士兵靠牆坐著。雖然有受到治療，但不少人都身負重傷。大概是剛才在森林裡的戰鬥中留下的傷痕吧。

阿爾蜜塔覺得自己來到了一個不得了的地方。

同時也納悶學姊們都去了哪裡。

在這次的戰鬥裡，自己原本應該是負責支援學姊們。結果卻和支援的對象走散，在這種地方不知所措。

還有優蒂亞。不曉得她跑去哪裡了。她明明說過會和自己一起行動。

（……我也太強人所難了。）

學姊們和優蒂亞現在應該也各自面臨困境。

當務之急，是趕緊去找她們。仔細思考，妖精擁有幻翼。即使在茂密的森林中很難伸展，到了空曠的地方就能自由發揮。然後在這塊寬廣大地的上方自由遨翔。

（不對，現在還不是時候。）

阿爾蜜塔在心裡搖頭。自己一個人在黑夜裡展開閃閃發亮的幻翼並沒有意義。別說是找到學姊們了，毫無意義地引人注目只會讓狀況變得更糟。

而且……感覺在這裡能找到自己能做且該做的事情。

青年走進一個像倉庫的地方，抱著一個大大布包裹出來。

然後重新朝阿爾蜜塔說了些什麼，彬彬有禮地低下頭。

大概是在針對剛才的戰鬥道謝吧。阿爾蜜塔看得出來是這樣，不過——

「對不起，我聽不懂你在說什麼。」

她只能像這樣坦白回答。

青年稍微思考了一會兒後，改用聽起來有點不一樣的語言。發現阿爾蜜塔毫無反應後，他又繼續換各種不同的語言。大概是在把他會說的語言都嘗試一遍吧。然而，阿爾蜜塔只會大陸群公用語。而這位看起來很有教養的青年，似乎不會說關鍵的公用語。

過了一會兒，青年用力嘆了口氣，將手伸向懷裡的包裹。

他解開包裹，亮出裡面的東西。

（咦？）

一把大劍被收在一個裝飾得十分華麗的劍鞘裡。

青年從劍鞘裡拔出的大劍，讓阿爾蜜塔覺得相當熟悉。那是由許多金屬片組合而成的大劍，也就是所謂的遺跡兵器。

雖然遺跡兵器數量眾多，但那把劍和阿爾蜜塔所知的其中一把十分相似……不對，不管怎麼看都是同一把劍。

遺跡兵器卡黛娜。

如同其名，那是妖精兵潘麗寶・諾可・卡黛娜的愛劍。

該不會，潘麗寶學姊也在這裡……阿爾蜜塔腦中瞬間閃過這樣的想法，但她立刻察覺有點不太對勁。問題在於眼前的卡黛娜看起來新得發亮。

遺跡兵器畢竟是從遺跡內發掘出來的古代祕寶，所以表面通常帶有髒汙或傷痕。無論再怎麼仔細保養，還是無法將這一切全部消除。但從眼前的卡黛娜身上，完全無法感覺到時間的流逝或歷史的痕跡。

青年從懷裡掏出一顆小石子，然後用那顆石子輕觸卡黛娜的核心。

構成劍身的那些金屬片稍微露出一道縫隙，從裡面散發出淡淡光輝。卡黛娜啟動了。

（……照理說，那應該只有我們黃金妖精能夠使用……）

接連看見許多異常景象的阿爾蜜塔，事到如今已經不會驚訝了。只是毫無感動地茫然看向那道光芒。

少年說了些什麼。

「咦？」

從他的動作來看，似乎是要阿爾蜜塔碰觸那把劍的劍身。這讓她猶豫了一下。遺跡兵器非常危險。視種族而定，光是碰觸啟動中的劍身就可能嚴重燙傷。

儘管心裡還有些猶豫，但事到如今也只能順其自然了。阿爾蜜塔戰戰兢兢地伸出手，將手掌貼在發光的卡黛娜上。

『……如何，有傳達過去嗎？』

「咦？」

阿爾蜜塔嚇了一跳。

她聽見了聲音。不對。是聽見了心裡的想法。

『看來很順利。這把劍叫卡黛娜，是能夠傳達意念的聖劍。』

——該怎麼回答才好。

阿爾蜜塔知道聖劍，那是遺跡兵器還沒在遺跡中沉睡，非常久遠以前的名字。

『我是一名工匠，名字是■■■。』

「咦？」

『啊，失禮了。卡黛娜無法轉達其中一方不知道的固有名詞。』

能傳達意念的劍，只能傳達意念。若是雙方腦中都有具體形象的名詞倒還好，若對其中一方來說是未知的概念——只是一串聽不懂的聲音，就無法傳達。似乎是這樣的機制。

青年簡短說了一些話。從話題的走向來看，那應該是卡黛娜的異稟（Talent）無法傳達屬於他的名字吧。

陌生的語言，以及陌生的發音。即使如此，阿爾蜜塔還是努力將自己聽見的部分，按照原本的發音說了一次。

「伊歐札……先生。我有說對嗎？」

阿爾蜜塔覺得自己的發音應該非常怪。

但青年露出溫和的微笑，用力點頭。

『不介意的話，我也想知道妳的名字。然後，可以告訴我嗎？為什麼像妳這樣的人，會造訪這座即將邁入終焉的「世界樹之森」？』

†

她正站在這座城寨最高的地方，也就是哨塔的頂端上。

從比樹木略高的地點仰望著森林，會覺得這片由密集的黑色物體構成的景色宛如一張地毯。

森林十分寬廣。

阿爾蜜塔所知的六十八號懸浮島也有森林，而且規模應該算是相當大，但還是完全無法和這片森林比擬。畢竟——這裡和剛才那片從這裡回頭也能看見的平原一樣，看不見森林的盡頭。

她回想起那位叫伊歐札（暫稱）的青年之前說的話：

『在這座森林的最深處，隱藏著據說記錄了世上所有神祕的世界樹。我們正在和那些豚頭族爭奪通往那裡的道路。』

世界樹。那似乎是一棵生長在這片森林某處的巨大樹木。

但基於不可思議的力量，如果不透過特殊的路徑前往，甚至無法找到那棵樹。所以無法直接從這座城寨看見，只能透過知識得知它確實存在於某處。

（記錄了世上所有神祕……那該不會就是學姊們說的世界結界的核心吧……）

阿爾蜜塔在驚訝的同時，也感到混亂。

（不過，這個世界沒有核心，而是由被抓的星神們承擔這項功能。所以世界樹應該，是其他東西吧……？）

而且伊歐札（暫稱）還說過這樣的話。

『據說世界樹記錄了這個世界的一切，其力量甚至能夠知曉遙遠的過去與未來。我是為了接受那項神諭才一路旅行，從遠方來到這裡。然後在這裡遇見了盯上世界樹的豚頭族，以及這些守護通往世界樹道路的同伴們。』

青年看向聚集在城寨內的戰士們。

『他們都是精銳的戰士，但人數不夠。雖然不想承認，但這樣下去再過不久，他們就會敗在豚頭族的人海戰術之下。所以……』

青年以認真的眼神深深低下頭。

『所以阿蜜塔，我有件事想拜託帶著聖劍並且能夠使用它的妳。可以請妳留在這裡，成為我們的希望嗎？』

5. 緹亞忒與術術（暫稱）少年

愛瑪說要出門一下後，就離開了房間。

現在，房間內只剩下緹亞忒和一名少年。這已經超越了尷尬的程度，少了負責翻譯的愛瑪，兩人連溝通都有困難。緹亞忒因此感到困擾，不過，一個意外的發展打消了她的擔憂。

「我說妳啊。」

那位不曉得叫極星什麼來著還是小極星或術術，總之名字很難唸的少年用生硬的發音向緹亞忒搭話。

「嗯、嗯，什麼事？」

她反射性地轉頭回應後，才注意到一件事。

緹亞忒聽得懂他剛才說的話。那並非地上的語言，而是大陸群公用語。

少年得意地動了一下眉頭。

「能溝通呢。果然、如我所料。」

「咦……嗯。奇怪，你會說我的語言嗎？」

「只是推測。妳用的是、我不知道的語言，但和我所知的幾種語言、相當類似。所以我就試著說看看了。」

喔，原來是這樣。

大陸群公用語是懸浮大陸群浮上天空後才創造出來的新語言，但並非憑空而生，而是以過去地上使用的語言為基礎組合而成的語言。所以即使目前地上沒有公用語，應該也有數種作為其原形的語言。

……不對。光憑這點，還是很難解釋剛才那段對話為何能夠成立。

緹亞忒想起愛瑪剛才曾說「術術是很了不起的學者」。他確實是個厲害的學者。厲害到連「學者真的能做到這種事嗎」這種理所當然的疑問，都被遺忘的程度。

「多說點、什麼吧。素材增加後，準確度也會高一點。」

「……嗯，我明白了。」

這句話是在說謊。緹亞忒根本無法理解少年說的話是什麼意思，只能像是被少年的氣勢壓制般，先點頭再說。

時間不斷流逝，原本高掛天空的太陽已經降到接近地平線的位置。

「不過，這語言還真是有趣呢。」

少年雙手抱胸，佩服似的說道。

「感覺不像是文化上有隔閡的異鄉語言。明明文法的基底幾乎和現行的帝國語一樣，語彙卻幾乎是源自古朱洽區域和烏奏。最有趣的是發音，並沒有特別配合人類的口腔構造發展。感覺比較像獸人們咬字的方式。」

少年開始嘟囔些困難的事情。

儘管發音多少有些奇怪，但少年現在說的無疑是和緹亞忒相同的大陸群公用語。

「……你真的是，第一次說這個語言嗎？」

「這點程度難不倒我。妳使用的應該是經過特別設計，大幅降低學習難度的人造語言。而且設計得相當出色。」

少年點頭說道。

「舉例來說。就像是發明者被要求立刻創造出一種有效率的新語言，從明天開始就要讓全世界使用一樣。這樣我一定也會創造出類似的語言。從現有的各種語言中收集最好用的部分，然後拼湊在一起。」

「語言可以像這樣直接創造出一個新的嗎……？」

「只要擁有龐大的知識與教養，以及從中培育出的品味，再加上充足的時間和人手就有可能辦得到。雖然普及時又要另外費一番工夫。」

這孩子到底是怎麼回事。

「我之後也想嘗試看看。感覺會變成一場有趣的思考實驗。」

明明語言應該相通，講的話卻讓人完全聽不懂。

「學者。我確實是個學者呢。帝都的居民只要看見這件長袍，應該一眼就看得出來吧。」

話雖如此，緹亞忒也只能露出困惑的表情。

「以妳使用的語言，該怎麼說才好……我的職位是神聖帝國的最高學府，賢人塔的紫飾最高等。」

「……喔。」

或許是因為勉強用大陸群沒有的語言翻譯，這個職位名稱聽起來有點奇怪。不對，即使不考慮這點，緹亞忒也不可能理解基於陌生國家的陌生制度設立的職位名稱。

「頭銜不過只是頭銜，但如果能因此做到更多事，那也算能力的一部分。能進入的書庫等級改變，晚餐的預算也能大幅提升。當然，即使沒有這些東西，我依然是超一流。先不管這些事……」

少年用手指輕敲了幾下桌子。

「妳到底是什麼人？」

「嗯，果然會被問到這個……」

這點也在緹亞忒的預料之中。

『她不是準勇者嗎？』

「現任的**準勇者**們的特徵，我大致都知道，但全都不符合。」

少年搖頭否定愛瑪的疑問。

「雖然也有些**冒險者**擁有聖劍，但妳實在太不知世事了。雖然給人的感覺比較像是祝聖過的**騎士**，但如果有騎士在帝國內活動，可是會釀成國際問題。」

「什麼？」

少年不斷說出緹亞忒聽不懂的詞彙。大概只有那些詞是用帝國語說的吧。

「這世界上也是有不隸屬於任何勢力的民間高手，但那樣的人應該會更超脫塵世，與妳的形象不符。順帶一提，據我所知，那把伊格納雷歐現在應該正被用在北方的戰場上。不可能出現在這種地方。」

緹亞忒在心裡暗叫不妙。

妖精們將理應獨一無二的遺跡兵器帶到這裡後，看起來就像憑空多了一把。應該早點察覺這個可能性。

「包含來路不明的語言在內，目前沒有任何資訊足以推測出妳的身分。妳到底是什麼人？」

「呃……」

緹亞忒有點困擾。

她一開始覺得該隨便撒個謊敷衍過去，但立刻覺得有困難。她不覺得對方有這麼好騙，自己也不擅長捏造故事。

順帶一提，她原本就不喜歡靠說謊度過難關。

「兵器。」

「嗯？」

「雖然我外表是人類，但真面目是祕密兵器。這樣講你信嗎？」

認定對方不會相信的緹亞忒，輕鬆地如此回答。然而——

「喔，原來如此。」

少年坦率地點頭接受這個說法，反倒讓緹亞忒大吃一驚。

「咦？這樣你也相信？」

「這沒什麼好驚訝的吧。又不是什麼稀奇的事情。」

「……咦咦咦？」

「不曉得是不是最近的流行，我這陣子也摧毀了幾個那種性質的組織。像是巴洛特虹誓團、棺座聯盟和藍德蓋特家族。最近這些組織大多和真界（True World）再想聖歌隊有關。他們正在研究各種能徹底改變人類存在模樣的詛咒，也因此創造出不少副產品。廣義上來說，那些勇者也是一種因為在故事中扮演的角色，導致人生被改造進而誕生的兵器。」

「呃，意思是人族……人類也會將相同種族的同伴改造成兵器嗎？而且這種事目前正在大流行？」

「那當然。」

搞什麼，地上也太可怕了吧。

「所以說，如果妳只是單純迷路的兵器，事情就簡單了。如果對改造妳的組織心懷怨恨，可以去讚光教會。他們會幫妳擊潰那個組織。不然的話，我推薦妳登記為**冒險者**。無論妳接下來打算怎麼過活，有個頭銜還是比較方便。可以靠那個頭銜節省許多世間的麻煩。」

「啊哈哈……」

緹亞忒露出苦笑，在腦中的角落思考其他事。

（總覺得讓人想起了威廉呢。）

少年說的話和威廉完全不同。不如說算是完全相反。

威廉．克梅修二等技官認為所謂的頭銜，不過只是裝飾品。他不管對誰都用一樣的語氣，也不曾用他那還算高的地位逼迫任何人——至少在緹亞忒所知的範圍內是如此。

這個少年說的話應該是正確的。威廉那些不在意頭銜的舉止，確實讓他被迫承受了許多世間的麻煩。

「不過看來妳不是那種類型的人呢。那就這麼辦吧。」

少年用手指輕敲桌面。

「關於妳目前隸屬的組織、目的和打算為此採取的手段，有哪些是可以回答的？」

「呃，這個嘛……」

這問法還真是複雜。看來這位少年改變了試探的目標。他想評估的並非可疑人物（緹亞忒）的來歷或危險程度，而是她行動時會以何種方式思考。

緹亞忒稍微思索了一會兒。

「……每一項都是有必要時可以說。但現在還無法判斷是不是時候。」

「原來如此。那請妳先回答一個問題。」

少年用手指抵著自己的下巴——

「**妳是否覺得這個世界有點奇怪**。」

緹亞忒的肩膀輕輕顫抖了一下。

等她察覺這是個敗筆時，已經來不及了。少年彎曲嘴角，露出得意的笑容。中計了。

這個世界是〈最後之獸〉的結界。而在這裡正常生活的居民，都沒有意識到這一點。

所以如果是「在這個世界正常生活的居民」，應該不會對那句話有反應。

（不僅看穿我隱藏的底牌，還引誘我上鉤……！）

緹亞忒反射性地壓低姿勢，準備戰鬥。少年見狀，往前伸出雙手表示自己沒有要戰鬥的意思。

「別這麼警戒。這對我來說是個難解的謎團，我當前的目標就是解開這個謎。而妳似乎就是我尋找的線索之一。」

一隻貓爬上椅子，坐在少年的大腿上。牠打了一個大大的呵欠後，就將身體縮成一團。看來牠似乎很喜歡長袍的布料。

少年毫不在意地繼續說道：

「……妳也是因為有想解開的謎團才來到這裡吧？那我應該能幫得上忙。這時候還是積極一點，和我聯手比較明智吧？」

「唔。」

緹亞忒懊悔不已。

這位少年簡單來講，就是個性很差。

不過與此同時，正因為他差勁的性格表露無遺，看起來也不像隱藏了什麼奸計。而她也切身體會到少年是個多麼了不起的學者。所以這個提議與其說是值得考慮——不如說是求之不得。

「……我知道了。」

緹亞忒垂下肩膀，放鬆全身的力氣。

「小極星——」

「別省略我的名字。」

少年大聲斥責。

「呃，那個，極星大術師覺得這個世界有點奇怪對吧。」

「沒錯。」

「可以告訴我，你是因為注意到什麼才這麼想嗎？」

少年不屑地哼了一聲。

「雖然妳會問這個問題也很正常，但該怎麼回答才好呢。」

少年用手指輕敲桌面。一隻躺在桌上的貓因為討厭這個聲音，緩緩起身跳到地板上。

「簡單來講，就是在這裡的生活。」

「生活。」

無法理解少年話中之意的緹亞忒，只能複誦他說的話。

「就我所知，人類現在正面臨相當危險的狀況。而且還是過去數百年來未曾出現過，可能導致種族滅絕的危機。大量繁殖的豚頭族出現在各地，有些甚至組織了軍隊；新舊的古靈(Elf)族在數個國家擴展**森林**面積；土龍(Morrighan)族似乎也出現了稀世天才，開始將新型的人類殲滅兵器投入戰場。」

「是……是這樣嗎？」

「沒錯。爬蟲族（Reptrace）槍械兵的威脅性也增加了。他們的個性天生很一板一眼，原本就適合使用機械裝置吧。自從和擅長機械技術的土龍族聯手後，他們的威脅性就增加了。」

（啊……嗯。原來如此。）

緹亞忒想起天空上的那些軍人同伴後，覺得爬蟲族會有這樣的評價也很正常。當然，她沒有實際說出口。

「最後連倖存的星神也展開行動，打算和那些傢伙結盟將所有人類殲滅。恩格雷涅斯的水閘也快到極限了。」

少年聳肩，搖頭說道。

「雖然人類在地上支配的領土最多，但與其他的土地全都是敵對關係。等於在勢力上並未占有優勢。現在的繁華是建立在各種危險之上，不論何時毀滅都不奇怪。**然而，我卻在這種地方過著這樣的生活**。」

少年輕啜了一口茶。

「這太奇怪了。」

「咦，什麼意思？」

緹亞忒跟不上少年的說明。

「你是學者吧？忙著和其他種族打仗也很奇怪吧？」

「因為我是比一般軍隊還要擅長殲滅作戰的學者啊。」

哪有這種學者。雖然少年講得毫不猶豫，但該不會兩人對「學者」的定義其實不太一樣吧。

「不只是我。人類的主要戰力都在這一帶悠閒度日。凱亞、艾米莎、榮提斯兄妹中的哥哥、巴達爾頓、盧西歐爾的牧童、亞內茲．漢森，甚至連黎拉．亞斯普萊都在。」

「咦、咦？」

即使少年接連講出一連串的人名，緹亞忒當然不認識那些人。

從話題的走向來看，那些應該都是在人族中赫赫有名的人物。而且恐怕都是實力足以和敵對種族的軍隊對抗，貨真價實的英雄吧。

「知名的戰力幾乎都不在最前線。無論怎麼想都太不自然了。而且還沒有人覺得這樣不對勁。就連現在說出這些話的我，也是花了不少時間才察覺情況有異。簡直就像是……」

說到這裡，少年停頓了。

緹亞忒等了一會兒，但少年遲遲沒有開口。

「簡直就像什麼？」

「……不，沒什麼。」

少年用力搖頭。

然而即使他沒有說出口，緹亞忒也大概猜得到他剛才在想什麼。雖然毫無根據，但這個推測應該沒錯。

簡直——就像劇院一樣。

缺乏現實感，背景設定也不連貫。扭曲的登場人物們對此都不抱持疑問，或是被分配到不會產生疑問的角色。

總括來說，這個世界本身就像是被創造出來的——而且還設計得不怎麼精細。

緹亞忒發現少年已經察覺到這點，還有即使已經察覺，依然無法全面接受這件事。

（……怎麼辦。）

緹亞忒在小心不被少年發現的情況下輕咬嘴唇。

這位少年是個超乎想像的有力線索。雖然身為這個世界的居民，但他對這個世界的特殊構造理解得十分深入，到了令人驚訝的程度。假如緹亞忒毫不保留地揭露自己的身分——亦即連同懸浮大陸群和〈最後之獸〉的事情都說出來，他應該也會通盤接受吧。

不過無法預測他在理解一切後，會採取什麼樣的行動。這位少年是人族，而且不論狀況多詭異，他仍是這個世界的居民。

緹亞忒現在是他周圍世界的敵人，所以不曉得能信任他到什麼程度。或是即使信任他，也不曉得在這個狀況下能讓他掌握多少主導權——

（所以我就說我不擅長這種勾心鬥角的事情了。）

緹亞忒獨自在心裡大聲抱怨。

她甚至無法輕易決定接下來該慎重還是大膽。

至少，至少還需要一個判斷材料——

『我回來了。』

伴隨著這道悠閒的聲音，愛瑪回來了。

或許是因為事先啟動了護符，連身為異國人的緹亞忒，都能纖細地感覺到她的語氣極度缺乏緊張感。

『我回來晚了。呵呵，我有帶禮物回來喔。是利托利戴爾亭的鬆餅。』

少年用地上的語言說了些什麼後，換來了『不對，這才不是亂花錢，是紀念今天遇見了很棒的客人』的反駁（？），接著一陣輕快的腳步聲走進廚房。

少年無奈地垂下肩膀。

雖然現在才這麼說有點晚，但這兩人真的很奇特。

明明無論性格或行動都搭不起來，卻又讓人覺得在奇妙的地方心靈相通。而且兩人似乎是一起生活。即使如此，兩人看起來也不是姊弟或戀人這類淺顯易懂的關係。

『小極星，你的紅茶要加幾顆方糖？跟平常一樣嗎……咦，但你不是說過不加糖直接喝馬上會肚子痛……真是的，要是等一下後悔我可不管喔。』

緹亞忒心不在焉地看著兩人開心地對話，同時思索。

（唉……人與人之間有各式各樣的關係，沒必要追根究底。）

從廚房裡傳來甘甜的香味，讓緹亞忒的鼻尖動了一下。

6．邊境城寨與救世主歌姬

世界樹是什麼？

根據讚光教會流傳的神話，那是世界的中心，同時也是支柱和楔子。說得誇張一點，就是這個世界本身。

過去星神們創造這個世界時，也同時創造了世界樹。神話學者們表示，雖然世界樹的外觀真的像棵樹木，但本質上比較接近書籍。構成巨樹的樹根、樹幹和枝葉，全都記錄著龐大的情報。而且配合樹木的生長，內容也會持續變化。據說其內容包含了這個世界的「現在」，以及所有的過去和未來。

只要能實際碰到世界樹，就算只讀取其中的一小部分，也能獲得人類縱使花費一生也無法觸及的睿智吧。

（……這些說法雖然不完全錯誤，但似乎並不正確。）

世界樹並非記錄了這個世界的一切。而是因為投影了世界樹的紀錄，這個世界才得以存在……這項資訊是來自青年隸屬的組織。

所以，只要直接改寫世界樹的情報，就能竄改這個世界的樣貌。儘管這些話聽起來很不現實，但也有實例。正因為過去有人將「這世界有著守護人類，最強無敵又不幸的聖人存在」這條記述變成現實，名為正規勇者（Legal Brave）的系統才會持續運作至今。

這些都是被讚光教會認為會蠱惑人心而封印起來的禁忌知識。

青年覺得這個判斷是正確的。這些資訊對人類的生存來說並非必要，不如說只會造成危害。眼前的世界並不穩固，而是輕易（其實也沒那麼容易）就能被改寫的存在——即使傳播這樣的訊息，也只會散播無意義的不安和絕望。

†

「但我們知道真相。知道世界是這樣存在，也只能繼續像這樣存在——」

青年輕聲低喃的這句話，似乎被聽見了。臉看起來紅通通的值班人員，笑著表示：

「這是盧西歐爾靈廟的汙穢之歌吧。」

「不愧是**吟遊詩人**，連自言自語都能透露出涵養呢。」

「別調侃我了。」

青年一臉厭煩地回應。

吟遊詩人這個稱呼當然不是青年的本名，而是在他的**同伴們**——聚集在這座城寨的兵團戰士們之間流傳的通稱。一開始只是因為青年的五官給人那樣的感覺，外加身材瘦弱，以及講話很像知識分子等理由。

相較於其他受過戰鬥訓練的成員，青年確實既無力又不怎麼健壯。這些形容青年自己也承認，但他的正職並不是什麼音樂家。不僅如此，他甚至能自豪地表示自己對唱歌、樂器、作詞和作曲全都一竅不通。

「有什麼關係。我們身處邊境的惡劣戰場，每天只有一堆豬頭能看。在感性枯竭前，講一、兩個有趣的故事安慰一下我們也不會有報應吧。」

「我不覺得你們有這麼纖細。而且……」

那是歌聲。

隱約能聽見一陣真正的歌聲乘風而來。

歌聲聽起來並不壯闊，也不激烈，連歌喉也稱不上特別好。

但少女的歌聲樸實又溫和，能夠直接滲入人心。

「……明明這裡已經有一位歌姬了，被人那樣稱呼實在太難為情了。」

青年小聲嘟囔。

「你說得沒錯。」

其他人也跟著輕聲笑道。

最強的士兵和武器，其實是女孩子。這種事在歷史上似乎很常見。

仔細想想，確實是如此。提升男性士氣最快速的方法就是女性，這樣的說法的確很合理。

男人愛耍帥的性格意外地不容小覷。在戰場這種極度混亂的環境，即使士兵們在多次經歷生死關頭後，連勝利、榮譽和尊嚴都拋在腦後，在最後的最後還是無法捨棄「這個原則」。

那就是不能讓女性看見自己丟臉的一面。

光是這樣的堅持，就可以賦予原本只能等死的軟弱士兵最強的活力。而他們正在位於世界邊境的戰場，親身印證這個道理。

在城寨的中庭，少女與一群彪形大漢圍坐在火堆旁。

即使語言不通，還是能感覺到歌聲中的溫柔。伴隨著異鄉的歌詞，像是哄小孩入睡般的溫柔聲音平靜地在周圍蕩漾。她唱歌的技巧並沒有特別好，聲音也沒有優美到令人驚豔的程度。一個率真自然的少女，唱出平凡無奇的歌聲。

經過千錘百煉且外表粗獷的大漢們聚在一起，個個表情安詳地專注聆聽。平常總是自然地講出下流笑話的男人們，只有現在靜默不語。

每個人都變得宛如嚮往戀愛的青春期少年。

或是對教會的女神像側臉抱持著淡淡憧憬的孩童。

簡單來講——對於這些差點對戰場感到絕望的人來說，這位有著檸檬色秀髮的少女已經成了他們內心的支柱，同時也是讓他們想盡可能活久一點的理由。

一朵堅強地在荒蕪的戰場上盛開的小花。

（可以體會他們的心情呢……）

此時，歌聲中加入了笛子的伴奏。

仔細一看，演奏者是一位光頭上有片大傷疤的傭兵。那位傭兵在拿劍前曾參加過樂團，是位貨真價實的前音樂人。而為什麼不是他被稱作「吟遊詩人」，這點實在讓青年難以接受。

†

城寨內的所有人都已經對這場戰役感到絕望。

世界樹剛好位於人類在大陸上的勢力範圍外側。這座城寨當然也一樣。離人類能夠放心生活的城鎮或村落十分遙遠。

這個兵團是以隸屬某個思想團體的同伴們為中心，加上後來僱用的傭兵和冒險者(Adventurer)組成。所有人的共通點是即使明白可能會喪命，依然為了挑戰世界樹來到這裡。

他們士氣高昂，訓練也很精良（雖然有像被稱作「吟遊詩人」的青年這樣的例外）。

不過即使如此，敵人——豚頭族的數量依然多到讓他們難以對抗。

無論他們的作戰進行得多順利，戰力依然會隨著每次交戰減少。傷患和死者的數量都持續增加。戰況拖得比預期還久，儲備的物資也持續減少。

想以勝利為目標繼續戰鬥下去，實在太過困難。

所有人都開始思考自己會怎麼死在這裡。

六天前。

一位有著檸檬色頭髮的少女出現了。

她不知道從哪裡來到正被戰火燃燒的森林裡，揮舞著具備驚人力量的聖劍，解救了青年（吟遊詩人）的性命。之後她答應了青年的請求，留在城寨裡和同伴們一起戰鬥。

即使只看戰力，她也是極為可靠的援軍。聖劍全都是極為強大的兵器，既然能夠揮動這種武器，表示少女具備控制魔力的技術。當然，無論個人的力量再怎麼強，都無法大幅扭轉戰局——但有些地方確實改變了。必須捨棄的戰場和同伴也減少了許多。

不用說她除了作為單純的戰力以外，還帶給了他們非常多的救贖。

因為語言不通，加上即使透過卡黛娜溝通，她本人也有些不方便說明的部分，所以無法得知她的身分。

但還是能夠推測得出來。

（她大概是讚光教會的勇者吧……）

雖然青年不知道少女使用的聖劍名稱，但他一眼就看出那是高位的聖劍。一般不會讓那麼年輕的少女使用那種武器。就青年所知，只有以神聖帝國為根據地的讚光教會可能做出這種不尋常的事情。

聽說許多隸屬於讚光教會的勇者都不是帝國出身，所以那位少女使用的語言才不屬於附近的任何國家吧。

如果這個推測正確，他們只需要心懷感激地讓少女保護就好。據說勇者是守護人類的聖人，而且這與他們個人的主義、主張或利害得失無關。他們會自動戰鬥，只要是人類就有權利享受他們帶來的恩惠。雖然這樣也讓人不太暢快。

當然，也有可能認為她是勇者的推測與真相相去甚遠。不過目前沒有確認這點的手段，更重要的是——

「既然她本人不想說，就不該深入追究吧。」

青年苦笑地搔著臉說道。

城寨內的所有人都已經對這場戰役感到絕望。

而人身陷絕望時，無可避免地會渴求希望。無論那位少女是什麼人，對他們來說已經是不可或缺的存在了——

†

一陣不懂得看氣氛的鐘聲，宣告敵人來襲。

少女的歌聲停止。原本聽得像孩子般陶醉的男人們，全都瞬間變身成歷經百戰的猛將。

東面城牆的哨兵大聲喊了些什麼。如果是經過訓練的軍隊，應該會用更快的方式將情報精準又迅速地傳達給指揮系統吧。但這個兵團並非軍隊，所以只能用比較笨拙的方法。簡單來講，就是在城塞各處配置幾名負責傳達的成員，透過他們向城塞內的所有人散播相同的情報。因此所有的兵團成員幾乎都是同時掌握了詳細狀況。

城塞內首先收到了有威脅正在接近的情報。

到目前為止都很正常，並不是什麼稀奇的事情。不如說在和豚頭族戰鬥的期間中，沒有威脅的日子還比較少。所以問題在於威脅的內容。

如果只有看見十幾隻豚頭族，應該不會敲鐘敲得這麼急。這表示這次的訪客應該是超過一百隻的大軍。

「……這下不妙了。」

青年按著自己的胃，輕聲說道。自從他來到這裡已經過了好一段時間，也經歷過幾次原本認為必死無疑的戰役。即使如此，在戰鬥即將開始前，他還是會不舒服到想吐。

青年壓抑著想去廁所把胃裡的東西都吐出來的衝動。就在他準備穿上皮甲時——雖然尺寸不合並散發奇怪的臭味，金屬零件摩擦到皮膚時也很痛，讓人不太想穿，但因為能夠提升這具虛弱身體的生存率所以不得不穿——

他不小心弄掉了一個金屬製的脛甲。

刺耳的聲音響起，讓他漏聽了哨兵在同一時間大喊的內容。他抬起頭，發現周圍的人接連陷入動搖。

（怎麼了？）

青年停止穿皮甲，認真傾聽周圍的聲音。他聽見了喧嚷聲。不會吧、是不是看錯了、為什麼會出現在這裡、為什麼會在這時候出現。雖然聽到了許多聲音，但幾乎都是相同的意思。難以置信，以及不想相信。

到底發生什麼事了？

就在青年準備站起來就近拉一個人過來問時，哨兵再次喊出大概和剛才一樣的內容。

青年聽見後，覺得難以置信。是不是看錯了、為什麼會出現在這裡、為什麼會在這時候出現。青年自己在腦中重複了剛才聽見的那些話。

哨兵喊出的內容是——

「有龍直直朝這裡飛過來——！」

龍（Dragon）。

不用說也知道，那是這世界現存最強的物種。

而那對人類來說，是無法反抗的絕望象徵。

7. 第三十四天的少女

這裡現在似乎是這塊大陸上規模最大的城市。

當然這座都市另外有正式名稱，只是沒有人在用。

這裡通常因為是帝國首都，而被簡稱為帝都。

（嗯嗯。）

帝國原本就是新成立不久的國家，這座都市存在的歷史也不長。這座城市的基礎——或者應該說前身本來就很老舊，所以包含了部分像舊街區的地方。刻意模仿那些舊街區景觀打造的區域，形成了巧妙融合新舊風格的景象。

（嗯嗯嗯。）

新區域是迎合前代皇帝的興趣，總之在各方面的規模都很大。這裡有寬廣的道路、高聳的建築物，以及貫穿城市中央後仍一路延伸下去的大道。位於都市中央的王城更是雄偉到即使遠望也讓人驚嘆的程度。

帝都的這一帶，似乎被稱作第二街區。

她也被吩咐不要靠近其他街區，尤其是西側的第六街區治安非常不好。從對方的說明推測，不同街區的景觀應該也不同。坦白講這實在很令人在意，不過現在應該先壓抑一下好奇心。

（只有無徵種這點，也讓人覺得很不自然……）

她一直不斷感覺到視線。

緹亞忒重新走在路上後，發現自己的外表在這裡似乎有點顯眼。雖然她的外表也是無徵種，但看來問題出在其他地方。也就是說人族本身並不會有像緹亞忒那樣亮麗的綠色頭髮。

（……不如說這種顏色的頭髮，在這裡就像是一種「特徵」……）

這與其說是出乎意料，不如說根本無法預料。沒想到能在這裡獲得不被當成無徵種的經驗。

雖然這樣不太恰當，但緹亞忒還是覺得內心激昂不已。

不管是假貨或幻覺，這裡仍是古都中的古都，是存在於超越了歷史，本應早已消失在傳說彼端的場所。單純只看年代的話，就連科里拿第爾契市都無法比擬。即使如此，這裡的街道看起來仍相對較新——維持著剛建好沒多久的樣貌。是超古老的城市在變得超古老前的年輕時代。

懸浮大陸群的居民不太清楚人族的文化。所以許多創作者只能以想像來彌補這方面的欠缺。總之，許多故事創作都是以這個時代為舞台，其中也包含了幾部（以緹亞忒的標準來看）堪稱名著的作品。

（呼——）

察覺自己呼吸變凌亂的緹亞忒，重新環視周遭。

畢竟人族等同是暴虐無道的象徵。在空中生活的時候，緹亞忒一直把這裡妄想成是個充滿血腥與暴力，或是用金光閃閃的景色掩蓋各種汙穢的地方。然而實際親眼見過後，就會發現雖然這裡有許多獨特的景致，但其實和緹亞忒熟悉的空中城市沒什麼差別。

她想起小時候透過映像晶石觀看的故事。或許是預算不夠搭攝影棚，導演只安排幾名無徵種站在某個街角，就把那裡當成「人族城市的街景」拍攝。雖然世間的評價大多是「不夠刺激」或「一點都不有趣」，但現在回想起來，那樣或許相當貼近現實——

（喔。）

緹亞忒想起現在不是興奮的時候。

她還有必須完成的事情。於是緹亞忒勉強邁開不知何時停下的腳步，開始趕路。

愛瑪表示緹亞忒想在這裡住多久都沒問題。

緹亞忒也接受了她的好意。

在那之後，又過了兩天。

『我回來了。』

緹亞忒向愛瑪和少年（不曉得叫極星什麼來著還是小極星或術術的人）學了一些能在這裡使用的語言。這句用在回家時打招呼的話也是其中之一。因為還不太習慣，所以口音應該很重，但這種話只要意思有通就行了。

「哎呀，妳今天回來得真晚。」

小極星少年（暫稱）從隔壁房間探出頭，以極為流暢的公用語說道。他明明也是在用不習慣的語言，兩人之間卻有如此大的差距。

「妳只是去買蛋和青菜吧，路上遇到什麼麻煩了嗎？」

「不，我沒遇到什麼事。」

緹亞忒搔了一下頭。因為得壓抑想到處逛的慾望，才花了這麼多時間——這種話她實在說不出口。

緹亞忒學了一些這裡的語言和文字後，開始出去幫忙跑腿。

然後，她確定了這裡的市場運作方式，和懸浮大陸群沒什麼差別。

（拜此之賜，我知道了不少事情。）

除此之外，她還有幾個發現。例如蔬菜是非常便宜的商品、市場賣的蛋幾乎都是雞蛋，以及沒有人在賣漩渦蚯蚓或鋼鐵蠅卵這類不合無徵種胃口的食材等等（雖然這也是理所當然）。

這些線索都指向一個事實——在這個地上世界，有著懸浮大陸群無法指望的廣闊大地。正因為有廣闊的大地，才能開拓寬廣的田地或是在寬闊的放牧地放養家畜。此外，因為只需要滿足人族的胃，所以生產的物品種類也不用太多，可以將資源用在提升這些物品的生產效率上。結果就是導致蔬菜的價格下降。

（嗯，地上世界還真是不容小覷呢。）

緹亞忒同時達到了調查敵陣、遊山玩水和滿足對知識的好奇心等目的，度過了一段充實的時間。雖然不確定這對完成她們的任務有沒有直接幫助。

但先不管這個——

「咦？愛瑪小姐人呢？」

她偷看了一下廚房，但沒發現這棟房屋的主人。

「她又被叫去練兵場了。傍晚就會回來。」

「哎呀。」

緹亞忒不懂為何普通的城鎮女孩會被叫去練兵場。不過仔細想想，愛瑪從一開始就不是普通的城鎮女孩。雖然緹亞忒刻意不去深究，但她應該也背負著某種沉重又複雜的狀況吧。

（既然不能詳細說明自己的身分，就不該深究別人的事情……）

作為一個背負著沉重又複雜狀況的人，緹亞忒心裡也有許多感觸。

總之先從能做的事情做起吧。

她將購物籃裡的東西放到該放的地方，順便挑了幾個比較不新鮮的水果放到調理台上。就當成今天晚上的點心吃掉吧。

「順帶一提，關於妳拜託我調查的事情。」

從隔壁房間傳來術術少年的聲音。

「我剛才收到報告了。」

「咦，真的嗎？」

緹亞忒衝出廚房。

然後衝向放在桌上的那疊像報告書的文件。不過她看不懂，所以只能推給少年。

少年像是覺得無趣般的開始朗讀推給自己的文件。

「呃，妳是在找很大的黑色頭蓋骨、飄浮在空中的魚，還有和騎乘的馬一體化的騎士吧？目前沒有任何有意義的情報，也沒收到這類怪物（Monstrous）的出沒報告。」

居然說是怪物。

他們三位再怎麼說也在創造世界這件事上扮演著重要角色，居然這樣稱呼他們。不過緹亞忒隱瞞了他們是地神（Poteau）的事實，所以也難怪少年會這麼認為。

「再來是高大的老人、小女孩，以及打扮成隨從的獸人吧。符合這些描述的對象太多了，根本無從篩選。雖然跟人類一起生活的獸人很罕見，但還是有一定的人數。」

這麼說也對。雖然不知道這個「帝都」是以多大的規模在重現過去的情景，但這裡至少也有成千上萬——或甚至更多的居民。如果只能提出模糊的線索，會很難找人。

「嗯，這樣啊。」

緹亞忒原本就沒對這次的調查抱太大的期待，但也並非毫無期待。如果沒有獲得成果，還是會感到沮喪。

「最後是在最近幾天突然現身，帶著聖劍且不會說本地語言的四名女性。這部分也沒收到相符的情報……」

「這樣啊……」

「……但有個補充事項。」

「咦？」

緹亞忒忍不住抬起原本垂下的臉。

「帶著聖劍，而且不會說本地語言的少女。有找到一個符合這些條件的人。」

「咦……這樣不就……」

滿足了所有的條件嗎？

「但完全不符合一個理應最重要的條件。如果這個人是妳說的『最近分散的同伴』，那各方面都說不通呢。」

緹亞忒皺起眉頭。她無法理解少年在說什麼。

少年用力嘆了口氣。

「我告訴妳地點，妳自己去確認吧。」

†

帝都第三區的中央大道。

在某個不論白天晚上都很熱鬧的區塊，稍微繞進小巷子後就能看見的餐廳。

稱不上寬廣的店內，塞滿了許多人族。種類豐富的辛香料和烤肉，以及強烈的酒味刺激著鼻腔。儘管客人（的種族）完全不同，這裡還是讓人不經意地聯想到護翼軍的餐廳。

在那當中——

『來了～D桌要兩份燉肉定食，濁酒和綜合果汁酒各一杯；A桌要再續一盤小菜；C桌要再續一杯濁酒，乾脆整桶給他吧；然後E桌要主廚的隨興賭博套餐，順便附送他胃藥吧。』

在熱鬧又忙碌的店內，一個穿著服務生制服的少女忙著到處走動。

緹亞忒驚訝地瞪大眼睛。

少女剛才說的當然是地上的語言，緹亞忒幾乎都聽不懂。所以並不是那些話讓她感到驚訝。

「優蒂亞？」

簡單來講就是這樣。

雙手端著料理托盤的少女瞬間停止動作，將頭轉了過來。

「哇，這不是學姊嗎？」

裙襬很短的裙子上面，罩了一件附荷葉邊的圍裙。那應該是這間店的制服吧。穿著可愛服裝的優蒂亞，看起來和緹亞忒一樣驚訝。

「等一下，妳在這裡做什麼？」

「如妳所見，我正在打工。這裡給的薪水不錯，還有員工餐喔。」

「我不是在問這個。」

「我知道啦，但說來話長，請妳稍等一下，就快到休息時間了。」

「啊……嗯……」

「要喝點什麼嗎？我推薦杜杜蛋奶昔，我請妳喝吧。」

「呃，那就麻煩妳了。」

緹亞忒順從地在牆邊找了個小小的單人座坐下。她將吸管插進送來的杯子，吸了一口。好甜，好好喝。

（……呃。）

腦袋還轉不過來。總之幸好優蒂亞平安無事。還有幸好她看起來很有精神。

之後，如同優蒂亞剛才所說。

過不久就到了她的休息時間。因為在店裡不方便說話，她們從後門來到沒什麼人的外面。然後——

「優蒂亞，那個……」

想重新搭話的緹亞忒突然被打斷。

優蒂亞衝過來將手環在她的脖子上——

「……是學姊耶。」

抱住了她。應該說，緊緊抱住。

真是出乎意料的反應。雖然優蒂亞原本就是個率直的孩子，但很少對緹亞忒這些年長者展現出這種態度。

「那個……優蒂亞？」

「學姊都去哪裡做什麼了。我一個人很不安耶。」

該怎麼說才好，雖然不曉得該如何反應。

「呃，優蒂亞，妳看起來已經習慣這裡了。好像還會說這裡的語言。妳什麼時候學的啊？」

「畢竟我來這裡之後，一直受到這裡的照顧。」

「一直？」

這說法感覺有點奇怪。

距離緹亞忒闖入這個世界後在帝都的街上回過神，還不到三天。至少緹亞忒主觀上是如此。無論優蒂亞再怎麼親近人，也不可能在短短幾天的時間內變得如此習慣這裡。

就在緹亞忒思考這是怎麼回事時——

「嘿！」

優蒂亞用指尖抓住了緹亞忒的衣領，另一隻手抓住她的腰間。重心移動。被突襲的緹亞忒重心往前滑。

（啊。）

等緹亞忒察覺這是摔技時，身體已經自動做出反應。

緹亞忒主動扭轉下半身讓身體加速往前倒，然後一隻手掃向優蒂亞的腳，另一隻手將她的脖子稍微往橫向推。從揪住對手到摔出去的過程中，兩人的力道會結合在一起。這時候攻擊和防禦的差距極小。雖然要看雙方的技術，但只要稍微干涉就能輕易扭轉局勢。

首先是重摔在地上的聲音。

然後是吃痛的慘叫。背部落地的優蒂亞被摔得頭昏眼花。

「……進攻得不錯，但突襲還不夠熟練。」

優蒂亞並未累積多少戰鬥訓練。從這點來看，她這招已經算是及格了。但她這次挑錯對手了。面對曾和護翼軍的猛將一起鍛鍊……還長期陪可蓉一起練習的緹亞忒，這招還不到能及格的程度。

「所以，妳這是在幹什麼？」

「哎呀……」

優蒂亞仰躺在地上，尷尬地笑了。

「我一直想和同伴見面，今天總算遇見了學姊。所以懷疑妳可能是〈最後之獸〉的人偶，想說只要摔一下應該就能確定。」

嗯……這麼說也有道理。仔細想想確實是如此，會有這樣的疑惑也很合理。

結果就是優蒂亞證明了自身的清白。雖然緹亞忒有手下留情，但她被摔出去後，身體並沒有產生變化。

「能夠和想見的人見面的世界啊……」

緹亞忒想起之前進入〈最後之獸〉的世界時的事情。自己在那裡見到了誰呢。

那人的背影看起來十分苗條，是個與當時的緹亞忒差不多年紀的妖精兵。

天藍色的頭髮隨風飄動。

對方稍微回過頭，露出笑容。

她的嘴巴動了一下。雖然沒聽見聲音，但話語還是傳達了過來。

——妳很努力了。真厲害。

——謝謝妳來見我。

——但我已經不是妳心裡最重要的人了。

——妳想再見一面的對象，是在這段回憶的外面吧——？

哎呀，真是的。

這到底是怎麼回事。太美麗了。太帥氣了。

現在回想起來，當時的學姊真的美得太過分了。換句話說，就是被澈底美化了。因為是從一直憧憬著她的緹亞忒·席巴·伊格納雷歐心裡抽取出來的回憶所創造的幻影，所以這也是理所當然。

然後，那段美麗的回憶……被當時的緹亞忒親手破壞了，就像其他同伴們所做的那樣。她藉此脫離了虛幻的世界。

「因為聽說過這些事，我才想說如果有誰出現在我面前，要先懷疑一下。」

「優蒂亞。」

「如果不盡快破壞冒牌學姊，之後應該會很難受。」

啊——原來如此。感覺能夠體會她的想法。

「我知道了。先起來吧。我來幫妳上一課。」

「咦？」

「妳剛才摔人的動作很漂亮。如果對手是外行人就很完美，但正因為動作很漂亮，所以也容易被對手反擊。攻擊高手的時候，必須再多下一點功夫。比較正統的方式是用假動作破壞對手的重心，但如果對手比自己強可能會反過來被利用，不適用這個狀況。」

「呃……學姊？」

「就叫妳站起來了。」

緹亞忒抓住優蒂亞的手，用力將她拉起來。

順手拍掉沾在可愛的服務生制服屁股上的塵土。

「其中一個方式，是事先預測對方的反擊並設下圈套。以前可蓉一直試著對威廉這麼做。雖然當時不是利用對手的招式，而是讓對手的攻擊撲空，但原理大致一樣……妳當時還小，應該不記得了吧。」

「嗯、嗯。」

「那就只能透過實戰抓住感覺了。優蒂亞的運動神經不錯，應該很快就能學會。**試個幾次就能有一次把我摔出去吧**。」

緹亞忒一方面表示自己不會輕易被摔出去。

另一方面也透露出會奉陪到自己被摔出去為止。

「……喔……喔……這樣啊……」

優蒂亞的眼神游移了一下後，尷尬地笑了。

「學姊果然是冒牌貨呢。未免太帥了。」

「哎呀，哈哈哈。」

緹亞忒自己也有點這麼覺得。但這也無可奈何。

因為她現在有點想在學妹的面前耍帥。

然而並沒有一直耍帥到最後。

優蒂亞不斷挑戰緹亞忒，但每次都被輕易反摔，不知不覺間她的休息時間就結束了。

雖然緹亞忒已經盡可能手下留情，但直到優蒂亞下班後又過了好一段時間，優蒂亞才成功把她摔出去。

在那之後——

「仔細想想，如果要讓我遇見想見的對象，比起緹亞忒學姊，應該是阿爾蜜塔會先出現吧。」

優蒂亞若無其事地說了這樣的話。

妳這傢伙——緹亞忒不悅地輕輕戳了一下她的額頭。

†

「過了一個月？」

這實在太讓人驚訝了。

接著緹亞忒立刻摀住嘴巴。兩人正位於優蒂亞寄宿的某個有點破舊的房間。這裡說話不能太大聲。

「沒錯。我是在前面那條河附近醒來，當時大家都不在，周圍又都是不認識的無徵種，還有許多宏偉的建築物。讓我不知如何是好。」

緹亞忒自己前幾天也遇過相同的狀況，所以相當感同身受。不對，一直在六十八號懸浮島生活的優蒂亞受到的衝擊應該更大吧。

「要是阿爾蜜塔在，一定會比我先陷入驚慌，這樣我就能保持冷靜。一個人的話，我就只能自己陷入驚慌了。」

「……妳們感情真好。」

「然後，因為有親切的大叔和大嬸，誤以為我是從遙遠國家的特殊家庭逃出來的少女，讓我在店裡打工和幫我準備住處，我才勉強活了下來……今天已經是來這裡後的第三十四天了。」

真是辛苦妳了，幸好遇到了好人呢，雖然緹亞忒想了幾個說法，但還是被這驚人的數字震撼到說不出話。

「我……是在附近的街道上清醒，但在那之後只過了不到三天。」

「咦？」

「雖然不曉得是哪裡出現了偏差，但我們的時間對不上。」

可以想得到幾個可能性。

例如，緹亞忒喪失了來到這個世界後約三十天份的記憶。因為忘記自己在那三十天裡做了什麼，所以只有後來的記憶。

或是在這個亂七八糟的世界，時間流逝的方式不只一種，在別處度過的一日，等於在這裡度過的十日之類的。

又或者，入侵時分散的妖精們，各自降落在不同的地方。而當時不只是地點，就連時間都錯開了之類的。

「……真是太亂七八糟了。」

儘管思考了許多可能性，但由於狀況過於荒謬，一切都只是推測。如果現在立刻回到小極星（暫稱）他們那裡，或許就能驗證第二個假設，也就是時間流逝速度不同的想法。

「這樣剩下三人的狀況，更令人擔心了。現在已經完全無法想像她們會面臨什麼狀況了……」

「啊。」

優蒂亞似乎察覺了什麼。

她起身走向放在牆邊的遺跡兵器——不對，是走向旁邊的背包，從裡面拿出一張折成四折的大紙張。

「那是什麼？」

「這個世界的地圖。上個星期終於用打工薪水買的。」

優蒂亞將地圖攤開在地上。

那看起來不像印刷品，應該是打工的學生用手畫的便宜貨吧。畫在品質不佳的紙張上的線條，連粗細和濃淡都不一致。不曉得是不是筆尖壞了，到處都能看見墨水的汙漬。

「學姊有發現這個世界是仿照遠古的地表世界打造的嗎？」

「嗯。」

「不愧是學姊。雖然不曉得有多少地方一樣，但至少這座城市的人族相信城市外面是長這樣。這個點就是我們目前所在的帝都。」

優蒂亞指向差不多位於地圖正中央的小圓點。

「這張地圖涵蓋的範圍，大致就是人族**目前**的勢力範圍。外側則是危險到還無人涉足，所以沒有被畫成地圖。」

「外面還有嗎？」

「據說無論是東西南北的哪個方向，都還沒有人看過世界的盡頭。」

這表示原本的地表世界可能比畫在這塊地圖上的還要大。

「依照通說見解，地表世界在五百年前應該是由人族支配吧。」

「從人族的角度來看，或許是那樣沒錯。說不定他們所知的世界僅限於這張地圖上的範圍，所以才認為自己是世界的支配者。」

「原來如此。」

這個考察確實足以讓人信服。

「光是這張地圖涵蓋的範圍，足以容納幾十個懸浮大陸群還綽綽有餘了。」

這點聽起來也很不得了。

三十四天。優蒂亞滯留在這個世界的期間，應該也有盡自己所能收集情報和思考許多事情吧。明明一個人應該會很不安，同時也非常擔心同伴們（應該說是擔心阿爾蜜塔）的安危吧。

雖然不能拿來比較，但緹亞忒到了第三天還什麼都不知道，這讓她感到有些愧疚。

「……然後，我工作的那間店有個常客，是個吹笛子的大叔。他以前是做類似傭兵的工作，經歷過許多嚴苛的戰場。」

緹亞忒覺得這話題很突然。

「其中有個叫『世界樹之森』的地方。」

優蒂亞指向地圖的角落。那裡離帝都……雖然不曉得距離感，但可以確定相當遠。

「他曾經在附近的城寨和豚頭族的軍隊戰鬥過。當時的戰力差距十分懸殊，就在他覺得已經沒有勝算，思考該如何逃跑時，突然有位女神降臨了。」

「女神？」

「呃，不是像星神那樣真正的神，因為語意上有點接近土著精靈，所以應該只是一種文學上的表現。」

唉，這也是當然的。

「總之那位女神幫了他們許多忙。她展開背上的翅膀飛來飛去，揮舞巨劍打倒成群的敵人。因為那已經是好幾年前的事情，所以我本來沒放在心上。」

優蒂亞用力吸了口氣——

「聽說那位女神，是個有著檸檬色頭髮的女孩子。」

原來如此。

緹亞忒總算理解優蒂亞想說什麼了。

「如果我們來到這個世界的時間和地點有落差。」

優蒂亞的臉色變得蒼白。

「——該不會阿爾蜜塔……」

優蒂亞沒有把話說完就陷入沉默。

「還是別太往壞的方面想，我們現在掌握的情報還不夠。」

緹亞忒輕輕摸著優蒂亞的頭說道：

「我現在也有想思考的事情以及想商量的對象。先把該做的事情做完，盡可能展開行動，之後再來做最壞的打算吧。」

「……嗯。」

優蒂亞點頭。

緹亞忒露出微笑，只在心裡強忍著後悔的心情。

珂朵莉學姊，拜託妳。

我想成為這個學妹，以及其他學妹們內心的支柱。

所以就算只有現在也好，請把妳的帥氣——

把足以展現出可靠背影的堅強借給我吧。

8.（我）

少年今天心情很好。

今天的晚餐似乎有羊肉派可以吃。

派。

少年記得那是一種好吃的東西。

所謂好吃的東西，就是只要一放進嘴裡，心情會變得愉快。那種愉快也會自然地表現在臉上。

因為是艾陸可教他何謂好吃的東西，所以他對好吃的定義和艾陸可一樣。艾陸可在吃同樣的東西時，會露出陶醉的表情，所以自己應該也是類似的感覺吧。

「真令人期待。」

艾陸可笑著說道。

所謂的期待，是因為想像開心的未來而感到喜悅。喜悅增加是件很好的事。所以艾陸可笑了。

艾陸可的笑容就是少年的喜悅。所以少年也笑了。

少年原本什麼都不知道。

不管是自己的事情，還是其他事情。

自己是從什麼時候開始出現在這裡？為什麼會變成現在這樣？這些事情他全都不知道，也從未抱持過疑問。

這位少年現在知道一些自己的事情。

自己有兩隻腳，能用那雙腳走路，也可以在雨停後的草地上奔跑。自己有兩隻前端長著手指的手臂，可以碰觸物品或移動物品，也能夠握著鏟子挖掘地面，在播種後重新蓋上土壤。

可以做到許多事情，碰觸許多東西，自己就是這樣的存在。

這些全都是艾陸可教給少年的。

這些全都是少年從艾陸可那裡學來的。

†

——少年心不在焉地仰望天空。

無事可做。

或許是飛去其他地方了，艾陸可現在不在這裡。光是這樣，就從少年那裡奪走了許多事物。

即使有兩隻腳，也提不起勁站起來。即使有兩隻手，也不想碰任何東西。只要艾陸可不在，他就找不到做這些事情的意義。

眼前的世界十分廣大，且充滿了不可思議。

一個人發呆的話，會覺得自己好像很快就會消散。與世界之間的界線逐漸模糊，內在的一切都像煙一樣擴散——雖然沒有消失，但也稀薄到極度接近消失的程度。

（——**「我」到底是什麼？**）

少年不知道自己是誰。

也從未抱持過疑問。直到現在這個時刻。

他活動手臂，將右手移到眼前，觀看白色的肌膚與五根手指。他展開、彎曲手指，然後試著活動了一下手臂。

接著讓腳動起來，移動到泉水旁邊。少年看向泉水。水面映照出自己的頭部，上面有頭髮和眼睛，眼睛底下是鼻子和嘴巴。

整體的形狀和艾陸可很像。眼睛、鼻子、手腳的數目和位置，幾乎可以說是一樣的。至少兩人相似的程度，勝過妖精倉庫的其他生物。

不過，自己還是和艾陸可不同。兩人有許多不同的地方。例如髮色就明顯不同。艾陸可的頭髮紅得像太陽一樣，少年的頭髮則是散發冰冷藍色光澤的銀色。

（「我」到底是什麼——）

艾陸可教了少年許多事情。

少年對艾陸可沒教的事情一無所知，也從未抱持過疑問。直到現在這個時刻。

「——喔，那邊那位少年，方便打擾一下嗎？」

就在少年發呆的時候，他對某個刺激產生了反應——對少年來說那並非說話聲，只是單純的聲音。他緩緩轉過頭，看向聲音的來源。

那裡站著一隻沒見過的生物。

那傢伙有頭和手腳，如果只看外形，大致上和自己與艾陸可一樣。不過身體的高度高了許多，髮色也不同。和自己的白金色與艾陸可的紅色一點都不像，是宛如夜晚的紫色。是沒看過的人。

少年困惑地想著這種事有可能發生嗎？

……然後立刻察覺這個疑問很不自然。自己原本什麼都不知道，世界也大到讓人嚇一跳，那為何會浮現出這種想法呢。

「方便跟你問個問題嗎？」

那個某人繼續發出聲音。

少年總算察覺那是在說話，然後開始思索那句話的意思。

「呃……那個……」

少年陷入困惑。

他被搭話了——被不是艾陸可的某人。對方還問了問題。這樣自己是不是也該用言語回答比較好。

所謂的回答，就是對問題做出反應。在這個情況，既然對方表示有問題想問，自己就該透過言語或態度傳達是否有回答的意願。可是在做出回應的同時，就等於是「願意回答問題」了吧。怎麼辦，怎麼辦。

各種理論在腦中空轉。太困難了。

「我在找東西。是一個像巨石的老人，還有外觀是頭蓋骨或巨大鎧甲，感覺很有趣的神明們。」

入侵者無視少年的煩惱，擅自繼續說下去。

「〈最後之獸〉本身沒有核心，是吸收別人充當核心。所以尋找核心就等於是尋找那個被吸收的人。我們的作戰是建立在這樣的前提上。」

少年聽不懂這個人在說什麼。

「不過看來八年的時間還是太長了。你不管怎麼看都不是老人或神明，但是我的這隻**右手**主張你與它是相同的存在。簡單來講……」

女子左右晃動手指，像是在閒聊般說道：

「**你本身就是這個世界的核心吧**？」

幾乎就在這個問題被提出來的同一時間——

少年無法理解發生了什麼事。眼前的女子氣氛突然改變，同時從他的眼前消失。她沒有任何前置動作就壓低了姿勢，然後像是踮起腳般迅速揮出拳頭。那一拳宛如直接被吸入少年的腹部，累積的力道全都轉換成衝擊，將少年整個人打飛。

景色突然變得模糊。

少年完全無法掌握自己的身體狀況，只感覺得到在移動。明明腳沒有在動，卻以比步行或跑步還要快的速度飛向後方。

有什麼東西撞上了背。不對，是背部撞到了某樣東西。眼前的光芒潰散，原本以為什麼都看不見了，但視野又立刻恢復。

（咦——）

少年甚至無法吐出疑問。吸不到空氣。少年當然無法理解橫隔膜受到強烈的打擊後，呼吸會暫時停止的原理。即使如此，他還是能感覺到無法呼吸的痛苦。

接著，他總算察覺被打到的腹部和撞到東西的背部，傳來了一陣悶痛。

疼痛和痛苦。兩種都是令人不舒服的感覺，同時也都是少年不知道的概念。

少年靠著樹木坐在泥土上無法起身，輕聲發出呻吟。

「嗯。」

女子緩緩地——像是在重新縮短距離般靠近。

「即使受到這麼強烈的攻擊，也不會恢復成人偶啊。看來，至少可以確定你不是模仿外界某人的冒牌貨。不對，也可能是擬態能力特別強，直到死亡的瞬間才會解除模仿的類型——」

少年果然還是聽不懂女子在說什麼。

那些「聽不懂的話」，讓少年第一次在這個地方感到不安。

對方靠近後，凝視著自己的眼睛。

少年覺得女子的眼睛很不可思議。女子在各方面都讓人難以理解，但少年唯獨能從她的眼神中隱約察覺到某種感情。

那是對自己無法理解的事物產生興趣的眼神。

「可以告訴，我你到底是誰嗎？」

是……誰……？

這個問題讓少年腦中變得一片空白。

這個世界有許多自己不知道的事情。就連他自己也是其中之一。

對了。這正是他自己剛剛才想到的疑問。自己之前就算想多了解這個世界，也從未對自己產生過興趣。即使會向艾陸可詢問各種關於這個世界的事情，他從未問過位於那個世界內側的自己的事情。而且也從未對此抱持過疑問。

少年不自覺地將困惑表現在臉上，女子察覺後——

「看來……變成很奇怪的狀況了呢。」

稍微彎曲嘴唇。

她應該是在笑吧。是遇到了什麼開心的事情嗎？

「那麼，該怎麼辦才好呢。如果前提改變，那我該做的事情也會改變。」

她像是在自言自語，不對，她不知為何對著自己的手臂嘟囔，像是在詢問什麼。

「……的確。這樣比較合理。」

然後，她自顧自地點了一下頭。

「應該要先捨棄成見，重新尋找自己該追求的未來。控制信賴（沉滯的第十一獸）就是這麼一回事啊。」

她說出像結論的話後——將左手伸到少年眼前。

「哎呀，不好意思，好像差點就發生了悲傷的誤會。」

「…………？」

少年看向眼前的手。

看向女子的眼睛。

然後再看一次手。無法理解對方的意圖。

「你也把手伸出來吧。」

少年按照女子的吩咐伸出自己的手，碰觸她的手指。

下一個瞬間，女子抓住了他的手。

然後用力將少年往上拉。少年被迫站起身。

「哇。」

自己剛才明明是坐著，也沒有做出改變姿勢的動作，現在卻是站著。這讓少年困惑地睜大眼睛。

「很好起身對吧？這就是借助別人的力量。」

「……哇啊。」

少年佩服不已。

艾陸可非常博學，教了他許多原本不知道的事情。這個人明明不是艾陸可，但也知道許多他不知道的事情，並且願意教他。

沒想到會有這種事。

「那麼，重來一次吧，我想想……你有名字嗎？」

「名字？」

「呃……好比說，這個叫樹對吧。」

女子指向少年背後那棵他剛才撞上的巨樹。

少年點頭。

「這個叫草對吧。」

女子換指向腳邊的草皮。少年繼續點頭。

「天空。」點頭。

「雲。」點頭。

「池塘、水、水草、魚。」點頭、點頭、點頭。

「然後——」

女子筆直指向這裡——指向少年自己。

「…………」

無法回答。

「哈哈。」

女子笑了。

「原來如此，這樣也沒關係。我們**剛誕生時**，也差不多是這樣。唉，雖然這和一般的情況不太一樣。」

這是什麼意思呢？

這位女子說的話真的都很難懂。

簡直就像是還未見過的遙遠世界的語言。難以捉摸，無法傳達到內心，但聽了又會讓心情莫名躁動。

「既然如此，就先從了解你開始吧。如果你自己也不知道，那就先協助你了解自己吧。如何，有興趣嗎？」

有。少年用力點頭。

「很好。雖然對話順序變得有點複雜，但我也差不多該報上名號了。」

女子用剛才指向樹木、天空和雲朵的手指，筆直指向自己。

「我是來破壞這個世界的外來敵人之一，潘麗寶．諾可．卡黛娜。嗯，請多指教啦。」

「破壞世界的五名妖精（上）」

-cracked stage-

1.（野餐）

那個女人——潘麗寶說「今天去野餐吧」。

「野餐！」

艾陸可聽見這句話，開心地跳起來。

她看起來很開心。這表示野餐一定是好事情。

「好，先來做準備吧。如果想玩得開心，好好準備也很重要。」

說完後，潘麗寶開始在廚房製作餐點。

毛茸茸的眼球和長著翅膀的球（這座「妖精倉庫」的居民們）想偷吃，然後就被打了。

「不是只有料理做好就立刻吃掉才叫用餐喔。還要看時機跟場合。」

女子說了些難懂的話，但艾陸可也跟著點頭，所以應該是正確的吧。

大家一起離開「妖精倉庫」，走了一小段路——有些同伴是用跳的或爬的。

然後來到一個開了許多花的廣闊空地。

艾陸可歡呼著衝了出去，其他同伴也大叫著跟在後面。

少年也不服輸地衝出去。

他到處奔跑，不斷跌倒，在地上滾來滾去。

持續了一會兒後，他覺得肚子深處有股奇妙的感覺。他記得這表示肚子餓了。之前艾陸可曾說過這時候只要去廚房吃點什麼就會恢復，但這片空地沒有廚房。

「呵呵呵。」

潘麗寶露出胸有成竹的笑容，拿出一個大籃子。打開蓋子後，裡面裝滿了她剛才在廚房裡做的三明治。

「久等了，各位。現在就是正確的時機和場合。盡情享用吧，不過在那之前要先把手洗乾淨喔。」

少年驚訝不已。這裡明明不是廚房，總覺得這樣有點狡猾。雖然心裡這麼想，但因為肚子餓了，所以他沒有說出口。

所有成員按照指示去河邊洗手，然後將三明治塞進餓扁扁的肚子裡。

一吃下三明治，心情就變得十分暢快，表示這是好吃的東西。

少年專心吃著三明治，一下子就把自己的份吃完了。

†

肚子吃飽後，開始想睡了。

其他同伴似乎也一樣。一齊躺在盛開著許多白色小花的地方，一動也不動。

「……第一次野餐，感覺怎麼樣啊？」

潘麗寶走過來問道。

「什麼怎麼樣？」

少年揉著眼睛反問。

「這個嘛……覺得有趣或是開心嗎？」

喔，原來如此。

少年看向艾陸可。女孩盡情伸展四肢，在陽光的照耀下呼呼大睡。

少年覺得她看起來很幸福。所以——

「我覺得很有趣也很開心。」

「嗯。先看女人的臉色啊。某方面來說算是前途無量，又好像不是這樣。」

潘麗寶又說了些難懂的話後，從腳邊摘了幾朵花。

「雖然還有時間，但你也差不多該找到自己了。」

潘麗寶用手指擺弄花莖。

那些花一朵接一朵連結在一起，形成一個環。

「這給你。」

潘麗寶將那個戴在少年頭上。

「這是……？」

無法理解她的意圖。少年陷入困惑。

「很適合你喔。我都想直接幫你配套女裝了……」

「啊──────！」

不知何時睡醒的艾陸可，大叫著衝了過來。

「**花環**！好可愛，太狡猾了！」

「……可愛嗎？」

「可愛！」

雖然不太懂，但似乎很可愛。這大概是件好事吧。

「那這個給艾陸可。」

「哎呀，少年，不可以這樣喔。那是我送給你的東西。」

潘麗寶晃動著手指責備少年。

「噗——」

艾陸可不悅地鼓起臉頰。她看起來不太高興。怎麼辦，真令人困擾。

「你也想送艾陸可花環嗎？」

少年點頭。

「那自己做就行了。我教你怎麼做吧。」

說完後，潘麗寶又開始摘腳邊的花。

這次她直接把花放到少年手上。

「自己……做……？」

「就是改變世界的一部分，將其變成自己希望的樣子。記住了，只要學會渴望某件事，你的手就能創造出各種東西吧。」

——雖然完全聽不懂她在說什麼。

但可以感覺到這位女子正在教自己一件非常重要的事情。

最後完成的，是一個難看的草環。

許多花莖變得破破爛爛，還掉了一堆花瓣，完成品也比想像中小。

這一定是失敗了吧。該怎麼說……這一定不符合艾陸可所說的**可愛**吧。少年是這麼想的。

「**花環**！是我的！」

結果出乎意料。艾陸可將那個難看的草環戴在頭上，然後笑了。

「謝謝你！」

少年的心裡湧出一股奇妙的暖意。

只要艾陸可一笑，內心就會變得溫暖。這部分跟平常一樣。少年最喜歡這股溫暖的感覺。但這次感覺有點不同。

「感覺還不錯吧？」

潘麗寶的這個問題，讓少年不自覺地，幾乎是反射性地緩緩點頭。

2．末日戰場

阿爾蜜塔正在思考自己到底是什麼。

新的妖精兵。與〈十七獸〉戰鬥的人。她是為了破壞〈終將來臨的最後之獸〉，為了破壞這世界才來到這片大地。之後被捲入人族與豚頭族的戰爭，順勢加入人族勢力戰鬥。

她知道〈最後之獸〉會在自己體內創造出非常真實的幻影。無論是眼前的人族或豚頭族，還是他們之間的爭鬥，都有可能是被創造出來的。這一切或許就和演戲差不多。

而對這場戲來說，她應該是觀眾才對。然而不知為何，如今她站在舞台上，和人族們待在一起。

她在這個戰場上已經**破壞**了幾十隻豚頭族。

過程中，她好幾次重新確認了自己果然是異邦人。被人族殺害的豚頭族會理所當然地流血並曝屍荒野。然而只有被阿爾蜜塔殺害的人會變成白色人偶，然後隨風消散。

每當看見那個景象，阿爾蜜塔就會覺得心裡好像長了一根小刺。

她不曉得那是什麼感情。

是普通的罪惡感，還是對逐漸開始習慣這個廝殺舞台的自己感到不安呢。

——布萊頓的市場，在北方的盡頭。越過白色的岩壁，就在那一端——

之所以開始唱歌，是為了排解這些心情。

只要想著感覺已經變得很遙遠的故鄉，唱著懷念的歌曲，就能在這段期間忘記這裡的事情。這都是為了逃避。

——穿過七道門，向七個守門人獻上供品——

人族的男性們聚集過來。

然後一起聽她唱歌。

嚇了一跳的阿爾蜜塔一停止唱歌，他們就催促她繼續唱下去。即使聽不懂歌詞，他們似乎還是能從歌聲中感受到什麼。雖然覺得難為情，但知道有人需要自己，還是會讓她感到很開心。

——熱氣織成的洋裝，配上封閉著葉間陽光的項鍊，然後——

幾乎每天晚上，男人們都會聽阿爾蜜塔唱歌。

這成了他們的日常。在那段日常生活中，包含阿爾蜜塔自己在內，他們一起活著。

直到那頭龍來襲為止。

†

龍族。

不用說也知道，那是現存最強的物種。

有一個說法是星神在創造世界時，先創造了這個世界所有「生命」的試作品。畢竟是試作品，所以不一定具備和後來創造的那些生命一樣的特徵，因此許多常識都不能套用在牠們身上。例如和骨骼與肌肉構造不符的強大臂力；從重量和翅膀面積來看不可能實現的飛行能力；能透過呼吸改變周邊環境，宛如古靈族般的生態；不具備正常的壽命，視種族而定甚至可能不具備死亡的概念。

就算同樣是龍，也能細分成許多種類，每種龍的生態、能力和危險度也大不相同。即使如此，幾乎所有的龍都與人類敵對，一般人擁有的力量根本不足以和龍的暴力抗衡。

而龍並非特指單一種族。擁有一定程度的共同特徵，從遠古就持續存在至今的強大物種，幾乎都會冠上龍的名號——以各種包含龍這個字的方式命名。

靜寂龍（Silence Dragon）就是其中之一。

據說牠喜歡戰場上的喧囂，但也有人說是憎恨。當然，因為沒有人知道龍的行動原理，所以也無法驗證答案。而即使兩邊都正確（或兩邊都錯誤），也無法用理論說明牠那些令人費解的行動。

牠會飛到發生大規模紛爭的地方。

然後殺害、破壞、蹂躪戰場上的所有人，強制帶來靜寂。

等變得寂靜無聲後，牠就會滿意地在那裡入睡。一直睡到未來的某一天，龍又發現其他地方發生爭鬥的時候。

話雖如此，靜寂龍的數量非常稀少，目擊情報也少到讓人們懷疑牠是否真實存在。

甚至還有這樣的說法——比起過著害怕靜寂龍的生活，不如擔心晴天時會不會突然被雷打死。

†

警鐘響個不停。

哨兵不斷大喊。

阿爾蜜塔聽不太懂周圍的人在說什麼。儘管她已經聽得懂一些簡單的日常會話，但也僅只如此。

所以，她聽不懂哨兵在喊什麼。

即使如此，只要一看天空，就能知道他在警告大家什麼。

某種長著翅膀的龐然大物正在接近這裡。

那個純白的生物被陽光染成紅色，在拂曉的天空中遨翔。

（那是……龍……？）

懸浮大陸群沒有龍族。牠們在地表世界毀滅時，已經被〈獸〉滅絕了。

不過牠們是非常強大的存在這項事實，還是透過各種故事流傳至今。所以阿爾蜜塔不用依靠言語，也能推測出哨兵在喊什麼。

『阿蜜塔。』

因為聽到有人（用聽不習慣的發音）呼喚自己，阿爾蜜塔回頭看向後方。瘦弱的青年正露出極為嚴肅的表情站在那裡。

「伊歐札先生。」

阿爾蜜塔（以對方應該會覺得很怪的發音）呼喚青年的名字。

『阿蜜塔，快進房間，把門也鎖上。』

青年說出了這樣的話。

阿爾蜜塔無法理解，她以為自己聽錯了。

『可是，有敵人來襲。』

『所以我才這麼說。動作快。』

青年毫不隱瞞自己的焦急，阿爾蜜塔過了一會兒才察覺這段話的意思。

是周圍那些男子的視線。

每個人都在害怕。面對龍這種絕對性的恐怖存在，這也是理所當然。他們全都害怕地看向阿爾蜜塔，想要依靠她。

……救救我們。去和那個戰鬥吧。他們的視線都在這樣說。

敵人在空中，他們沒有和空中的敵人戰鬥的手段。即使現在開始逃跑，也不可能來得及。面對壓倒性的絕望，他們只能思考如何轉移注意力。所以他們無視道理，想要依靠離自己最近的救贖。

『阿蜜塔。那不是妳的戰鬥。』

青年用雙手抓住阿爾蜜塔的肩膀。

他使盡了全力，陷入少女肩膀的指尖不斷顫抖。

『可是。』

『至少不應該推給妳。』

青年離開阿爾蜜塔，轉身向周圍的男人們大喊些什麼。雖然阿爾蜜塔沒有聽懂，但看得出來在男人們之間閃過了一絲動搖。

一位男子強忍著憤怒，綁緊鎧甲。一位男子垂著頭，變得動彈不得。還有一位男子激動地反駁青年。

即使每個人採取的行動都不同，但全都陷入恐懼。

（……這也是這個世界的某個像戲劇的事件嗎？）

阿爾蜜塔對自己提出了一個不會有答案的問題。

（這不是我的戰鬥。我可以捨棄這些人。既然這是在演出某人的回憶，即使我什麼都不做，事情也只會照劇本發展——）

阿爾蜜塔緊咬嘴唇。

她不自覺地碰到了放在旁邊的遺跡兵器的劍柄。

（……咦？）

「帕捷姆？」

她察覺到不對勁，呼喚聖劍的名字。聖劍當然沒有回應。

感覺理應沒有生命的劍柄，在剛才用力震動了一下。

她試著用力握緊劍柄，一點一點地催發魔力。

這次連一瞬間的異常都沒有。但確實能感覺到變化。

「原來如此……帕捷姆。你是這樣的劍啊。」

即使使用者沒有催發魔力，遺跡兵器也會與使用者猛烈的魔力共振，將其增幅。而增幅過的魔力，會讓處於共振狀態的使用者魔力變得更加猛烈。如果無法控制這個增幅作用，就會不斷反覆進行，直到遺跡兵器的性能或使用者的身體其中一方到達極限。所以使用的遺跡兵器愈強，黃金妖精就愈容易失控。

帕捷姆……在遺跡兵器中也算是增幅率偏高的一把劍。而阿爾蜜塔不僅還不習慣使用遺跡兵器，在黃金妖精中也不算是特別擅長控制魔力。許多人——特別是艾瑟雅學姊，都曾反覆提醒她要小心避免失控。

阿爾蜜塔感覺到帕捷姆正在激昂。

她曾聽威廉·克梅修二等技官說過，帕捷姆是能夠終止悲傷戰鬥的和平之劍。換句話說，只有在充滿死亡和絕望的戰場上，背負起希望戰爭結束的人們的心願，才能發揮這把劍真正的價值。這把劍擁有這樣的異稟。

在這座充滿了不安和恐懼的城寨，連阿爾蜜塔自己都不知所措的時刻，沒有心的兵器帕捷姆正毫無迷惘地準備迎接戰鬥。

不對——

「嗯……」

阿爾蜜塔覺得或許不是這樣。

帕捷姆是道具，道具沒有心。如果從它身上感覺到類似心的反應，那應該是阿爾蜜塔自己的反應。

她確實在迷惘，無法決定身為妖精的自己是應該在這裡戰鬥，還是根本就不該戰鬥。不過在她的內心深處，或許早就做出決定了。該怎麼做或為什麼不行——在這些與道理無關的地方，或許她早就發現自己想怎麼做了。只是沒有自覺而已。

或許帕捷姆單純像面鏡子般，映照出她的決心。

『——對不起，伊歐札先生。』

阿爾蜜塔低聲道歉後，閉上眼睛。

她調整呼吸，緩緩想像在自己心裡有道小小的火焰。阿爾蜜塔當然不想失控，所以她比平常還要慎重地培育魔力。

背後的幻翼展開。

感覺周圍產生了一陣騷動。

阿爾蜜塔至今從未在這座城寨的戰鬥中展開幻翼。因為她知道普通的人族無法使用這個。即使沒有因此暴露黃金妖精的身分，也會被他們發現自己是某種異質又異常的存在。

如今她主動打破了這個因為膽小而設下的禁忌。

幻翼和真正的鳥或蝴蝶擁有的翅膀從根本上就不同。不需要振翅，也不需要拍擊空氣。只要幻翼存在，就能讓黃金妖精的身體擺脫地面的束縛。

阿爾蜜塔蹬了一下地面——直直地飛上天空。

「…………唔」

她不喜歡高的地方。因為這會讓她想起以前受傷時的事情，以及讓重要的人們露出悲傷表情時的事情。

不過現在，只有現在不能去在意這些事情。如果自己現在不飛，或許底下的人們將連悲傷的表情都做不出來。

「唔啊啊啊啊啊！」

她放聲吶喊。

帕捷姆激昂。阿爾蜜塔的魔力也同樣猛烈。

龍稍微抬起頭，用黃色的雙眼看向阿爾蜜塔。

3. 愛瑪這個名字的回憶

兩人走在被微弱的路燈照亮的夜晚道路上。

這一帶的治安似乎不錯——因為路燈會亮就表示裡面的油沒被偷走——但兩名年輕女性走在路上，還是會引來不懷好意的視線。兩人稍微加快腳步趕路。

「妳擔心阿爾蜜塔嗎？」

緹亞忒一問，優蒂亞就用力點頭。

看來是真的很擔心。不，雖然確實很令人擔心。

「……她個性認真，不管遇到什麼狀況應該都能努力面對。」

從緹亞忒的角度來看，不如說放優蒂亞一個人行動還比較危險。

「就是因為她個性認真，不管遇到什麼狀況都能努力面對才令人擔心。」

「是嗎？」

「只要有人拜託，她就不會拒絕。要是覺得不能丟下對方不管，就會一直照顧下去。而且還會不斷把自己的事情往後延。因為阿爾蜜塔基本上討厭自己。」

「呃……」

這麼說來，那孩子確實有這樣的傾向。

「因為她想變得像緹亞忒學姊一樣，才成長為那樣的孩子。」

「咦……」

就算被人這麼說，緹亞忒還是很難接受這個說法。為什麼追著我的背影，會成長為那麼有責任感的好孩子。

「所以在阿爾蜜塔的身邊，必須要有一個會對她提出令人困擾的請求，讓她覺得不能丟下不管，但又最喜歡阿爾蜜塔的人才行。不然，阿爾蜜塔就無法喜歡自己，也無法珍惜自己。」

「這樣啊。」

感情好是件好事。不過即使不考慮這點，優蒂亞的擔心也非常有說服力。阿爾蜜塔是個會為了別人奮不顧身的女孩。雖然這是項美德，但美德對保護自己並沒有幫助。

「就算是這樣，在這裡擔心也不會讓事情好轉，我們還是先做自己能做的事情，一點一點改變狀況吧。」

「但我又不曉得該怎麼改變狀況。」

「其實我也一樣。不過像這種事，可以去拜託其他人──」

說著說著，緹亞忒推開了房屋的大門。

「我回來了，小極星在嗎？」

緹亞忒期待那位少年會從裡面的書庫探出頭，抗議道：「別用奇怪的方式省略我的名字，好好叫我極星大術師。」但等了幾秒鐘後，她期待的臉並未出現。

反倒是愛瑪從那個房間裡探出頭。

『啊，緹亞忒小姐，歡迎回來。』

許多貓咪跟在她後面。「喵～」其中一隻貓大聲叫了一下。

『小極星不在喔，他老家叫他去參加一場派對。』

「派對？」

『他媽媽似乎有帝國貴族的血統，所以好像偶爾得像這樣出席社交活動。雖然他曾抱怨這種活動既麻煩又沒用。我想他應該快回來了。』

此時，愛瑪看向緹亞忒的後方。

『哎呀，那位是妳的朋友嗎？』

「呃，是我學妹。她叫優蒂亞・艾特・普羅迪托爾。然後優蒂亞，這位是愛瑪小姐，我在這裡受她的照顧。」

『我是愛瑪，優蒂亞小姐，請多指教。』

「啊，是的，請多指教……這位姊姊，妳說的是什麼語言啊？」

「嗯，這部分說明起來有點複雜，所以晚點再說吧。」

緹亞忒將手放在優蒂亞頭上。此時幾隻比較親近人的貓，立刻跑來將背貼在她們的腳上摩擦。

†

優蒂亞將茶具組移到旁邊，在大桌子上攤開地圖。

雖然和小極星少年是不同的類型，但愛瑪這個人也同樣神祕，應該說是深不可測。她曾說過自己在讚光教會那裡有點門路，以及在大陸各地奔波過。

『「世界樹之森」嗎？』

愛瑪唸出優蒂亞在地圖上指出的地名。

「沒錯。」

緹亞忒點頭。

「我們想調查幾年前在這裡發生過的戰鬥。可能的話，想直接去親眼確認。或許能找到和同伴有關的線索。」

『這樣啊。』

愛瑪驚訝地回答：

『不好意思，我對大陸的內陸地區不太熟。如果是靠海的地區，我倒是去過很多地方。』

說著說著，愛瑪指向地圖的角落。不過即使同樣是位於人類勢力範圍的邊緣，那裡離「世界樹之森」還是很遠。

『小極星應該會知道得比較詳細。』

「唉，結果還是要靠他啊。」

緹亞忒搔了一下臉。她原本就是抱著這個打算才回到這裡，但如今狀況依然沒有改變，只能確定要多花一點時間。

「嗯……如果是這附近的其他地方呢。畢竟是阿爾蜜塔，她可能會跟著可疑的男人在其他戰場戰鬥。」

優蒂亞心裡對阿爾蜜塔的評價也太糟糕。

而開始覺得她擔心得有道理的緹亞忒，心裡對阿爾蜜塔的評價也差不多。

「好比說，像這裡——」

優蒂亞的手指在地圖上移動，指向旁邊的山岳地區。

「例如這一帶的……盧基歐雷高地？是這樣唸嗎？土龍族、豚頭族和人族的勢力範圍重疊在一起，看起來像是激戰區。」

『啊，盧西歐爾高地嗎？那裡確實是個發生過許多麻煩事件的地方。』

愛瑪以看起來並不覺得麻煩的表情說道。

『黎蘭德．拔烈侯的七年戰爭、陸鯊大量養殖事件、吉拿．諾登的最後之戰。真的從以前就一直發生糟糕的事件……納維爾特里先生曾經這麼說過。』

納維爾特里先生是誰啊？

『話雖如此，我這邊是沒聽說那裡最近幾年有發生過什麼事。從戰爭的角度來看，那裡也不是那麼重要的地方。』

「原來如此。」

緹亞忒輕輕點頭。

這個話題原本就是起於優蒂亞隨口提出的問題。所以緹亞忒並沒有期待會立刻獲得有益——和阿爾蜜塔有直接關聯的情報。

『我之前去那裡時真的很慘。草木全數枯萎，大瀑布也完全乾涸，感覺就像世界末日一樣——』

（……嗯？）

愛瑪一臉懷念似的說著，但這個話題讓緹亞忒感到有些不對勁。

話題中的盧西歐爾高地離「世界樹之森」很近，換句話說就是位於大陸內陸。而愛瑪才剛說過自己對大陸內陸不怎麼熟悉。

（唉……也是會有這種事。）

她覺得不需要特別深究。此時——

緹亞忒拿起被地圖擠到桌子角落的茶杯，喝了一口。在這段漫長的對話中，茶的味道稍微變澀了。

「嗯～那就是猜錯了。阿爾蜜塔·賽蕾·帕捷姆到底跑去哪裡了。」

優蒂亞沮喪地垂下肩膀。

「現在就沒力還太早了。接下來只要等小極星就行了，雖然是個讓人搞不懂的孩子，但他知道很多莫名其妙的事情。」

『是啊，雖然我很無能，但那孩子一定幫得上忙。』

「小極星……啊。」

優蒂亞唸唸有詞。

「他是年紀比我小的孩子吧？他是個什麼樣的孩子，和愛瑪姊又是什麼關係啊？」

（喔喔。）

緹亞忒不自覺地端正姿勢。她也一樣很在意兩人的關係，但因為覺得太八卦地深究也不太妥當，所以一直沒問。雖然不曉得是基於性格還是人品，但能夠毫不猶豫地開啟這種話題的優蒂亞，讓緹亞忒感到有些威脅性。

她考慮了一下該不該責備學妹太失禮，但還是放棄了。

『呃，這件事說來話長。』

愛瑪本人看起來並未感到不悅。

她將手指抵在臉頰上，開心地開始說道。緹亞忒在心裡對自己感到傻眼，看來只有她在意這些瑣碎的事情。

『我們都認識一位名叫席莉爾的小姐，我曾經從她那裡聽說一些關於小極星的事情。像是有一個很厲害的小孩，或是有個孩子在各方面都很厲害之類的。』

又出現一個陌生的名字。

『我在聽說這些後又過了很久，才第一次見到他。當時世界幾乎要毀滅了，我懷著可能只剩下自己還活著的心情，走在荒地上——』

「喔……」

緹亞忒又喝了一口變澀的紅茶，輕聲附和。

（嗯？）

雖然和剛才的感覺很像，不過緹亞忒這次明確地感到不自然。

『我在那之前還有其他同伴。儘管人類已經都不在了，但住處被燒毀的其他種族倖存者互相扶持。大家四處流浪，努力尋找能夠讓自己盡可能活久一點的地方——最後所有人都被〈獸〉殺掉了——』

（等等。等一下，這是……）

緹亞忒探出身子。

她的腰撞到桌子，弄倒了茶壺。宛如寶石般閃耀的紅色液體在桌上擴散，弄溼地圖。

地圖像是被火舌侵蝕般，逐漸被染成紅色。

緹亞忒毫不在意——不如說她根本沒發現——直接逼近愛瑪。

「愛瑪小姐，請等一下！妳說的是**什麼時候的事情**？」

『——什麼時候啊——那是——呃——』

翠銀色的眼睛像是在望向遙遠的過去，然後重新拉回了房間。

『咦？』

她驚訝地眨了一下眼睛。

『感覺有點怪怪的。真奇怪。』

「愛瑪小姐。」

『的確，當時帝都應該早就毀滅了……不過，我第一次遇見他，確實是在一切都已經毀滅之後……然後因為即使一切都已經毀滅，依然有能夠守護的事物……』

出現了變化。

眼前的女子輪廓變得像泥巴般黏稠並開始崩潰。

「學姊？」

「等等。」

優蒂亞立刻往後跳，進入備戰狀態。緹亞忒舉起一隻手，阻止準備拔劍（普羅迪托爾）的優蒂亞。

「愛瑪小姐。」

站在那裡的，已經不是擁有翠銀色頭髮的人族女性，而是某種同樣是翠銀色，但軟綿綿的塊狀物——

而且那也立刻變化成似曾相識的白色塊狀物，並且沒多久就消失在空氣中。

等回過神時——連那些貓也不見了。

「……學姊。」

「這個世界的人偶只要受到衝擊就會露出真面目，然後消失。」

緹亞忒呻吟著說道。

「看來不限於拳打腳踢。愛瑪小姐想起了在這裡生活的她理應不會想起的事情。這個矛盾破壞了她。」

緹亞忒早就知道這個世界是扭曲的。

是抽出某人的記憶後，將其重現的箱庭。

這些登場人物也不是當時的本人。無論完成度多高，與本尊有多相似，只要關鍵的回憶和回憶之間有所矛盾，自己的內在就會產生龜裂。

「……等我一下，我稍微整理一下思緒。」

「嗯。」

緹亞忒的理性告訴自己這是個很大的提示。現在她們接觸到了這個世界的真相，知道這就是解開所有謎團的線索。

與此同時，緹亞忒心裡的情緒全都被一股類似疼痛的奇妙感情淹沒。愛瑪．克納雷斯。世界上應該確實曾經有叫這個名字的女性存在。她遇見各式各樣的人，和各式各樣的人產生關聯，然後遺留在某人的記憶裡。而緹亞忒她們剛接觸了那個殘渣。因為接觸到，所以壞掉了。

緹亞忒吸了口氣，然後吐出來。好。

緹亞忒決定要轉換想法，並轉頭吩咐優蒂亞也這麼做。

『啊，緹亞忒小姐，歡迎回來。』

——**聲音來自廚房**。

愛瑪．克納雷斯若無其事地探出頭。

「咦……」

「咦……？」

這次，緹亞忒真的完全放棄思考了。

只有一個模糊的假設從意識的角落浮了上來。

這裡是重現回憶的世界。無論是否出現矛盾，只要回憶還在，並且還想要繼續依靠那個回憶，就絕對不會消失。根本就沒有矛盾，只要回到還沒發現那個矛盾的時間點，無論幾次都能重來。

愛瑪看著兩人，露出困惑的表情。

『……怎麼了嗎？』

她以不帶任何意圖的聲音問道。

「喵～」不曉得從哪裡出現的貓，再次大聲叫了一下。

4. 靜寂龍

純白的蜥蜴長出純白的蝙蝠翅膀，再整隻變巨大——如果要簡單描述眼前這頭龍的外觀，大概就是這種感覺吧。

牠全身被無數的小鱗片包覆，那些鱗片各自反射陽光，散發溼潤的光芒。四肢上面長著像半透明薄膜的鰭，在風中飄揚。

那副姿態宛如一座大理石雕刻。

一件完成度極高的藝術品，悠然地浮在空中——

為了將劍揮向那裡，阿爾蜜塔獨自飛在紅色的天空中。

她心裡當然會害怕。

會不會因為翅膀突然消失而墜落，如果因為被帕捷姆牽著走而導致魔力失控怎麼辦，不安的材料要多少有多少。

不過這些情緒很快就全部消失了。無論恐懼或不安，在戰鬥中都被歸類為雜念。妖精的天空可沒簡單到能認真帶著這些東西飛翔。

別思考多餘的事情。她努力說服自己只思考必要的事情。

在戰鬥中，阿爾蜜塔感覺自己催發的魔力正以極快的速度增強。緊握在手中的帕捷姆的劍柄，宛如在燃燒般灼熱。彷彿只要稍微鬆懈就會失控，稍微放鬆力氣就會抓不住劍。

（好大……！）

在沒有比較對象的空中，很難評估巨大的物體實際上有多大。等縮短距離後，才總算能靠感覺得知。對手比來到這個世界前搭乘的飛空艇「菲羅埃萊亞斯」還小上一輪，但同時也巨大到只能拿飛空艇來比較。

對大得像飛空艇的對手舉劍相向，簡直就像以前的喜劇片。

（用砍的會有效嗎……）

不安開始增加，但立刻被集中力趕出心裡。

她宛如流星般直線縮短距離，將帕捷姆揮向龍。

把據說比鋼鐵還硬的龍鱗斬碎，劍身深深陷入肉裡。

發現「有效」的喜悅湧上心頭，但立刻就消散了。即使從阿爾蜜塔的角度來看是很深的傷，但對龍巨大的身軀來說根本不算什麼。頂多像指尖被尖銳的草刺到。這種程度就連能否讓牠感到疼痛——先不管龍有沒有痛覺——都令人懷疑。

感覺到危險的阿爾蜜塔拔出劍。

「————唔。」

然後緊急加速轉換方向。明明不會受到風的影響，幻翼仍激烈地拍動。全身都感受到風的衝擊，四肢的肌肉像是要被扯斷般疼痛。

過不久，阿爾蜜塔剛才在的地方，就被一陣名為龍爪的颶風侵襲。強風毫不留情地擺布著嬌小的阿爾蜜塔。

（既然攻擊我，表示牠把我視為威脅……！）

龍將阿爾蜜塔視為「必須排除的存在」。雖然不曉得是判斷她很危險，還是單純感到厭煩，但至少可以確定龍並沒有把她視為完全無害的存在。

那就做能力所及的事情。

在還能繼續的時候繼續下去吧。

如果尖刺只能造成刺傷，那就不斷累積刺傷吧。如果無法造成有意義的傷口，就反覆累積到變得有意義吧。

「拜託了，帕捷姆！」

阿爾蜜塔拜託劍把力量借給她。

遺跡兵器什麼話都沒說，只用熊熊燃燒的魔力回應她的願望。

†

阿爾蜜塔奮勇戰鬥。

戰鬥一直持續到太陽下山，月亮爬上天空為止。

†

只要催發魔力，就會對身體造成負擔。催發得愈強，負擔就愈重，如果不習慣就更是如此。負擔會削減體力，影響身體狀況。

「呼、呼、呼……」

在城寨內的某個房間裡，有張單純在木台上鋪一條薄床單的簡易床鋪，阿爾蜜塔正痛苦地躺在上面。

全身像是在燃燒一樣。凌亂的呼吸無法平復。心臟激烈地跳個不停。從耳朵深處不斷傳來惱人的血流聲。四肢痙攣，不聽使喚。體內的所有內臟感覺像正被擰著的抹布。

這句身軀正瀕臨死亡。

為了戰鬥催發的魔力不受控制，在體內肆虐。

艾瑟雅學姊說過。對妖精來說，結束生命邁向死亡和回歸出生前的虛無，或許幾乎是同一件事。所以在催發魔力讓「生命」變稀薄時，有些妖精會回想起前世的記憶。

（……前世啊……）

菈恩托露可學姊說過。記憶與執著原本就是會隨著死亡消失的東西。這是理所當然的救贖，既不需要悲嘆，更不該試圖取回。

不過源於星神的妖精們的靈魂，在罕見的情況下，會主動拒絕那份救贖。強烈的執著將記憶的碎片連結在一起，讓下一個世代繼承。像這樣誕生的妖精，在魔力方面會擁有極高的才能。此外，自我還會逐漸被別人的記憶侵蝕，受到別人的執念擺布。

（……什麼都看不見啊……）

額頭不斷冒汗的阿爾蜜塔，無力地嘲笑自己。

因為帕捷姆是相當高位的劍，所以她還抱著些許期待。被厲害的劍選上的自己，或許是個厲害的妖精。儘管缺乏經驗，但只要拚命戰鬥，或許能覺醒厲害的才能並大為活躍。

自不量力的夢結束後，只剩下冰冷的現實。

她看不見前世的記憶，也沒湧出強大的力量。

在這裡的阿爾蜜塔只能自己摧殘自己，耗盡所有的力氣。

房門開啟。

有其他氣息進入房間。

（優蒂亞？）

阿爾蜜塔腦中瞬間浮現朋友的名字和笑臉。

她從枕頭上轉頭後，當然沒有看見想像中的那張臉。眼前只有一個瘦弱的人族青年蒼白又不健康的臉。

『妳還好嗎？』

『……伊歐札先生。』

阿爾蜜塔勉強使用顫抖的雙手，從床上撐起上半身。

『……我帶了東西來給妳吃，吃得下嗎？』

叫伊歐札的青年手上端著一碗湯。

『謝謝你，可是……』

雖然肚子的狀況非常差，但還是喝得下一碗湯。阿爾蜜塔也覺得自己多少攝取一點營養比較好。

不過，她就是無法坦率接受。

在與龍的那場戰鬥中，她沒有完全保護好城寨。龍揮舞爪子和尾巴，從嘴巴裡吐出火焰，在監視塔、連接東西側城牆的橋頭堡、禮拜堂還有糧倉——都有許多同伴被燒成了焦炭。

現在糧食在這裡非常貴重。

這全都是因為自己實力不足。阿爾蜜塔相當自責。

『那頭龍飛去山裡了。』

大概是為了讓她打起精神，青年刻意以開朗的語氣如此說道。

『從特徵判斷，那應該是靜寂龍。根據傳說，牠的弱點是眼睛。據說只要所有的眼睛都被破壞，牠就會死。』

『……你真是博學呢。』

『我曾經立志成為學者。』

青年笑著說道。

『阿蜜塔，妳在剛才的戰鬥中毀了牠一隻眼睛。所以牠才會撤退吧。雖然不曉得牠的眼睛會不會恢復，但至少在身上的傷痊癒之前，牠不會再來襲擊吧。』

『這樣啊……』

『沒錯。妳有充分的時間離開這裡。』

事到如今，這位青年仍打算讓阿爾蜜塔逃跑。

『到時候，伊歐札先生你們會怎麼樣？』

沉默就是這個問題的答案。

『……我還能戰鬥。既然只要破壞剩下的那隻眼睛就能贏，不如說是看見了勝算吧。我才不要在這種不上不下的時候退出。』

『阿蜜塔，關於那把劍。』

青年表情凝重地再次以奇怪的發音呼喚她的名字。

他看向靠在牆邊的遺跡兵器。

『帕捷姆嗎？』

『沒錯。從構造和啟動時的狀況來看，這應該是仿照極位聖劍莫烏爾涅打造的吧？』

少年突然問了一個複雜的問題。

一部分是因為還不熟悉語言，阿爾蜜塔沒有聽懂這個問題。

『咦？莫烏……什麼？』

『結合人心，化為力量。它擁有這樣的異稟吧。雖然方向性不太一樣，但我持有的卡黛娜也同樣是模仿莫烏爾涅打造出來的劍。所以我知道一些事情——』

咦、咦、咦？

原本腦中就因為魔力變得一團混亂的阿爾蜜塔，現在又連續聽到許多困難的詞，當然不可能跟得上話題。明明知道是在討論嚴肅的事情，阿爾蜜塔仍感到暈頭轉向。感覺腦袋熱到快要冒煙，這應該不只是因為發燒吧。

『即使不用聖劍介入，人心原本就是無法控制的狂暴力量。那把劍的力量，會讓那變得更加危險。雖然那是把強力的劍，妳本身的實力也很強——但如果使用過度，妳的心一定會被吞噬。妳的心將會被必須守護的念頭囚禁吧。』

雖然青年說的話，阿爾蜜塔連一半都聽不懂——

但感覺得出來青年是在擔心她。唯獨這份心意，即使不用卡黛娜的特殊力量，阿爾蜜塔也能輕易看得出來。

『謝謝你。』

阿爾蜜塔低頭道謝。

即使對自己連話都說不好感到煩躁，阿爾蜜塔還是想全力傳達這份決心。

『但這是只有我能辦到的事情。』

抬起頭，露出堅強的微笑——她抱著這樣的打算彎曲嘴唇。

『所以，我必須這麼做才行。』

妖精們是來這個世界戰鬥的。

至於阿爾蜜塔個人，則是為了尋找自己辦得到的事情而來。

然而，她現在還不曉得怎樣才是正確，以及該和什麼戰鬥才好。她沒遇見能告訴她的人。所以必須由自己的心來下決定。

她自然而然地遇見了城寨的人們，並為了守護他們與龍戰鬥。為了這個目的使用黃金妖精的生命。

在休息的期間，感覺身體有在逐漸恢復。

阿爾蜜塔動了幾下手，確認身體狀況。

沒問題，還能戰鬥。然後，還要戰鬥。

她從行李中拿出胸針，別在衣領上。此時，她已經沒在思考自己是否有資格佩戴這個胸針。她只有自私地希望這個包含了學姊們想法的小小裝飾品，能夠帶給還不成熟的自己力量。

然後，等太陽再次西下時，鐘聲宣告那頭龍再次來襲。

5. 喪失者的樂園，以及出自那裡的排斥者

少年無法喜歡貴族。

所以他也不喜歡自己體內流著一半貴族血統這件事。

但與個人的喜好無關，這是事實。不僅如此，自己的人生也確實受到「出身貴族」這個背景很大的影響。所以少年即使離開家在賢人塔有所成就後，只要老家提出要求，他還是會配合出席貴族的社交場合。

父親對權力很有野心，希望兒子在貴族世界也能往上爬，所以他沒事就會幫兒子和有力的貴族或議員牽線。麻煩的是，這並非為了他自己的權力慾，而是真的在替兒子的未來著想。即使覺得這麼做既愚蠢又沒必要，少年還是無法狠下心拒絕。

不過父親這次的企圖特別麻煩。

他安排了一場與萊特納家長女的相親。到底要搞錯什麼才會想出這種提案。兩人的年齡差距很大，性格也不合。雖然兩人都是隸屬於賢人塔的學者，但專業領域不同。更不

用說在這個充滿了愚蠢凡人的世界裡，那個女人還是個不愚蠢的凡人。因為是不愚蠢的凡人，所以能夠理解天才這種生物的堅強與脆弱。所以無論如何都會對天才抱持著複雜的感情。

（……這麼說來，她和黎拉的交情似乎很好。）

黎拉．亞斯普萊。當代的正規勇者，貨真價實的天才。因為過於優秀的戰鬥才能，導致無人能與她比肩，在戰場上也沒人跟得上她。因為孤高而被孤立的人類最強守護者。

不曉得是中意黎拉的哪裡，或是發自內心對她感到厭惡，萊特納家的長女曾對她說過「絕對不會讓妳孤獨一人」。

（正常人才不會有這種想法。）

一想起她，不對，一想起她的行為，少年的內心就不自然地感到不悅。並非針對萊特納，而是彷彿快要透過她想起別人的事情，但最後還是想不起來所產生的煩躁。

少年變得無法理解自己。

（可惡，真是令人煩躁。）

胸口深處莫名感到疼痛。

†

「我回來了。」

少年打著呵欠，推開了房屋的大門。

惡質的疲勞盤據在腦中。少年感覺自己的思考變遲鈍了。無聊的時間，尤其是配合無聊人們的時間，對大腦很不好。

原本看著桌面的緹亞忒抬起頭，確認這邊的身影。

「小極星。」

「就說別用奇怪的方式省略我的名字了，好好叫我極星大術師。」

少年厭煩地回答完後，察覺現場的氣氛有點奇妙。

愛瑪乍看之下跟平常一樣。

緹亞忒後面有另一個沒見過的人。是個十幾歲的少女。單從外表的印象來看，不像是個會深思熟慮的類型——而人類外表給人的印象和實際的性格，往往意外地一致。

這個氣氛是緹亞忒和那個少女造成的。雖然當事人有試圖隱藏，但明顯在緊張。

「妳好像見到同伴了呢。」

「啊……嗯。謝謝你。」

緹亞忒吞吞吐吐地回答。

兩名少女剛才正在看攤開在桌上的大陸地圖。雖然不知為何有一半以上的部分染上了紅色的汗漬，但大致上仍保留了作為地圖的功能。

「……妳好像在等我回來？」

「嗯。我有事情想問你。」

兩名少女偷偷交換了一下視線。

「呃，我聽說幾年前在『世界樹之森』附近的城寨，曾發生過一場和豚頭族的戰爭。我的同伴或許曾出現在那裡。」

「妳講得也太不清不楚了。而且妳說幾年前。妳不是幾天前才跟她們走散嗎？」

「是這樣沒錯，但之後事情似乎變得有點複雜。」

緹亞忒變得結結巴巴。

後方的少女默默看著緹亞忒的側臉。

「我對軍事方面的紀錄不熟，但心裡是有幾個底。不過——」

少年瞇細眼睛。

「感覺妳真正想問的是其他事。不對，雖然這個問題也很重要，但妳還有其他更重要的問題。我說得沒錯吧？」

緹亞忒沒有開口回應。不過她那混合了困惑和猶豫的表情，已經足以代替回答。

「……你曾經說過這個世界有點奇怪吧。」

「嗯？是啊。」

這是少年和緹亞忒幾天前初次見面時說過的話。

「我們也持相同意見。不僅如此，為了繼續這個話題，我們必須先確認一件事。」

「嗯，」少年點頭。「這是當然。」

「你又還沒聽。」

「不用聽也知道。是要說我理應也是這個**奇怪**世界的一部分吧？我確實是很難證明自身的清白。」

緹亞忒微微張著嘴巴，像是想說什麼——但最後放棄了。

「……怎麼了？」

「嗯。我在想該照什麼順序說。」

「有這麼多事嗎？」

「最終來說，我想知道的應該只有一件事。但抵達那裡的路線非常複雜。」

這段話實在是太賣關子了。

「沒關係，我奉陪。我正好剛被酒臭味和無聊的話題煩得不得了，拜託來個能讓我清醒的消息。」

少年拉了張椅子坐下。

那是他坐得最習慣的自家椅子。雖然是坐墊很薄的便宜貨，但他意外地發現……自己從未對此感到不滿。

「能讓人清醒的消息啊。真是困難。」

緹亞忒輕笑道。

「你覺得回憶的話題怎麼樣？」

「搞不懂妳想說什麼，妳期待聽到什麼樣的知識。」

「嗯，我想直接聽你的感想。如果有無論如何都不想分開的對象，而且也想再次見到那個人，所以……沉浸在兩人還能在一起時的記憶裡。你覺得這種事情怎麼樣？」

這段話真是莫名其妙。

「沒什麼好說的吧。硬要說的話，這是當事人的問題。感傷的價值無法由別人判斷，別人也不該拿這來說長道短。」

「那如果有和回憶非常相似的冒牌貨陪伴，能在忘記一切的狀況下度過那樣的時光呢？」

「一樣吧。無論他人怎麼看，重點還是當事人自己如何看待那個狀況吧。幸福的定義與是非對錯，不該由外人評斷。」

「是叫惡魔的夢幻結界吧。如果是類似那樣的東西呢？」

「就我所知，應該是沒有惡魔會做出那種事。惡魔只會假裝重現回憶，然後立刻奪取。因為他們知道這是打擊內心的有效手段——」

——唉。

自己實在是不擅長體察他人的內心。不過即使如此，在連續聽了這麼多意有所指的話後，少年還是明白了。

「艾瑪。」

「什麼事？」

不曉得她有沒有聽懂剛才那段話，或是根本就沒在聽。愛瑪·克納雷斯……擁有她的聲音和外形的存在，一臉困惑地看向這裡。

「我們接下來要談很複雜的話題。妳先迴避一下，應該說先去睡吧。」

「咦？」

愛瑪茫然地環視在場的人們。

「沒問題嗎？小極星不會寂寞到哭出來嗎？」

「怎麼可能，妳以為我是誰。還有別隨便省略，我是極星大術師。」

「你不管幾歲都是個孩子呢。」

「好了啦，總之妳先迴避一下。」

在少年的堅持下，愛瑪不悅地說了句「我知道了啦」，就按照吩咐離開了。

「晚安。」

她走上樓梯，前往二樓。

「那麼。」

少年重新轉向少女們。

「我以前也懷疑過這個世界是不是惡魔的夢幻結界。之後得出的結論是不可能。如果是利用我的記憶，這個世界的情報量未免太多了。這個世界充滿了許多連我也不知道的事情——」

少年輕輕揮手。

「但妳們認為事實就是這樣吧。」

「不是惡魔喔。不過都是世界結界，所以或許有點像吧。」

緹亞忒點頭說道。

慢了一拍後，旁邊的少女嘟囔著「我也要嗎」，然後跟著點頭。

「我說小極星術術師。」

「別混在一起啦……什麼事，現在可是重要的時刻，別問些無聊的事情喔。」

「不，我非常認真，不如說這才是最關鍵的問題。」

緹亞忒搔著臉說道。

「你的本名該不會是叫史旺．坎德爾吧？」

「喔？妳怎麼現在還在說這個。」

少年露出傻眼的表情。

「我一開始就說了，我是偉大的『極星大術師』——」

少年講到一半突然停下，像是回想起什麼般看向空中。

「我好像只有報上稱號。」

「嗯，我也只有聽到這些。所以我當時以為你的家鄉有必須隱瞞真名的文化。」

「啊……」

少年清了一下嗓子後，繼續說道：

「感覺也不像是後來從愛瑪那裡聽說的。妳是怎麼知道這個名字的？」

「說起來也很奇怪。我是在五百年後的空中得知的。」

「妳在說什麼啊？」

「我從一開始就知道了。因為我們之所以來這個世界，就是為了找出你們……把你們帶出幸福的樂園。」

來自世界結界外側的救援。

這本身是件值得感激的事情。

「具體來說，妳們打算怎麼做。逃離世界結界這種事理論上很簡單，但執行起來可不容易。必須先找出作為核心的惡魔，不對，是某種類似惡魔的存在吧。」

「這就是問題所在。」

緹亞忒用力點頭。

「按照我們的預定，只要順利和大賢者大人會合，就能藉助他的智慧。」

「那是誰啊？」

「呃，就是你啊。大賢者史旺．坎德爾。」

「那是什麼，以讚揚我的稱號來說，是不是有點太簡樸了。」

「請你把這當成長大後，性格變圓滑的結果。那麼，小極星術術師坎德爾，你有什麼好主意嗎？」

「怎麼可能會有，還有別擅自省略、連結或延長我的名字。」

少年傻眼地嘆了口氣。

「換句話說，妳們自己一點計畫也沒有就來到了這裡嗎？」

「哎呀，哈哈哈。」

緹亞忒像是覺得很沒面子般苦笑。旁邊的另一位少女不知為何像是理解了什麼般，頻頻點頭。

「啊，那麼，你在這附近有認識其他可靠的人嗎？例如黑燭公（Ebon Candle）、翠釘侯（Jade Nail）或是紅湖伯（Camine Lake）之類的。」

「……妳還真是知道一些奇怪的事情呢。那些全都是在人類史開始前就已經離開大地的古神的名字。」

「在人類史終結後，他們又回來一次了，我是在那時候知道的。唉，不在的話也沒辦法。呃，其他還有誰。該亞小姐……好像不在這座城市。」

「如果是凱亞．高特蘭的話，她就住在對面大街上。」

「喔。那位凱亞小姐有長貓耳朵嗎？」

「不，她全身上下都與那種可愛的要素無緣。」

「那就是不同人了……這麼說來，你之前有說過人類的許多主要戰力都住在這一帶。有辦法拜託他們幫忙嗎？」

少年記得自己確實說過這樣的話。凱亞．高特蘭就是其中一人。他當時還另外列舉了一些人名。艾米莎．霍鐸溫、奧格朗．榮提斯、史密斯．巴達爾頓、弗雷德里克．諾登、亞內茲．漢森，以及黎拉．亞斯普萊……

「如果是想毀滅國家或屠龍，大可輕鬆地交給他們。但如果是從尋找不曉得在哪裡的核心開始，就不太能依靠他們。」

兩名少女不約而同地嘟囔著「好可怕」。

「啊，那威廉呢？威廉．克梅修。他本人曾說過自己戰鬥能力不算強，但很習慣處理各種雜務。」

「威廉？」

少年皺起眉頭。

「那是誰？我沒聽過這個名字。」

「咦？可是……」

「我不認識單純打雜的傢伙。在冒險者中是有不少這種人，從那裡面找幫手也是一種方式——」

少年打了個呵欠。

一回過神，頭變得好沉重，思緒也逐漸變得模糊。

「——不好意思。」

意識朦朧不清的少年，在不知不覺間如此說道：

「我想休息一下。我會再找機會支開愛瑪，剩下的事情明天再談好嗎？」

「咦，啊，嗯……」

少年背對緹亞忒，走向寢室。

兩人明顯表現出不知所措的樣子，但並沒有挽留他。

†

（——威廉。威廉・克梅修。）

少年穿過走廊，發出細微的腳步聲。

（我怎麼可能認識那種來路不明的傢伙……）

想到這裡，少年停下腳步。

時間就這樣流逝了幾秒。

（等等。為什麼我能立刻回答「自己沒聽過」？）

少年看向自己的腳尖，陷入沉思。

（立刻回答。反射性地做出結論。連試著思考和回想都沒有。至少這樣的反應對我來說並不自然。感覺哪裡怪怪的。）

背上竄起一陣寒意。

和發現這個世界不對勁時的感覺不同，凝視自己內在的那個部分，伴隨著難以形容的恐懼與厭惡感。

（既不是忘記了，也不是想不起來。在我的心裡，與那個名字有關的認識全都被切斷了。會是精神干涉嗎？還是欺瞞詛咒（Sortilege）？不對，不是那麼簡單的事情，恐怕是根植於更深處的——）

「威廉……克梅修。」

少年試著唸出這個名字。

這不是什麼罕見的名字。

換句話說，沒聽過反而不自然。即使不是緹亞忒說的那位威廉，這世界上還有許多同名的人。史旺．坎德爾知道這件事。

然而——

這個世界有這個名字這點，讓他產生一股強烈的不協調感。

「這裡，這個世界沒有那個『威廉』。那個存在完整地消失了。為什麼？是因為死掉了嗎？」

感覺嘴角傳來一陣溫暖的觸感。

少年瞬間懷疑了一下是不是口水，但立刻將思緒轉向其他地方。

「不對，那個名字在我的心裡並不是會被殺死，不對，並不是單純被殺死就會消失不見的傢伙。這個世界多得是那樣的存在……」

喉嚨瞬間湧出一股熱意。

（？）

發不出聲音。伴隨著彷彿踐踏豬胃的溼潤聲響，少年吐出大量血塊。

心臟好痛。

少年忍不住用手按住那裡。

手感好奇怪。不對，不如說沒有手感。

胸部開了一個大洞。那裡沒有皮膚、肌肉和肋骨。別說是心臟了，連大部分的肺、胃部和周圍的內臟，也都像被挖走般消失了。

持續湧出的鮮血，將少年的半邊身體染成紅色。

「原來如此……**原來是這樣**。」

只要失去血液，就無法避免思考變得遲鈍。史旺拚命抓住逐漸消失在黑暗中的意識，直覺地確信一件事。

「只要期盼能見到某人，就能遇見那個人的幻象——這裡就是那種世界結界。不過對象僅限於早已在心裡放棄，認為絕對無法再見到的人……」

少年呻吟著移動沾滿自己鮮血的指尖——地板上早已形成一片血泊，所以他將手伸向牆壁，開始用顫抖的手畫出小小的圖形。

「只要覺得或許還有機會見到的對象，就不會出現。甚至連對方的存在都想不起來。因為那會成為與結界外側的緣分，威脅到這個世界的封閉性。這表示……」

少年用盡了力氣。

伴隨著一陣誇張的水聲，他倒在自己的血泊當中。

「這表示我……」

最後終於連說話的力氣都沒了。

少年靜靜地在陰暗的走廊上嚥下了最後一口氣。

6. 屠龍者們

龍的吐息能夠短暫展現出牠原本棲息的環境。誕生自岩漿的龍會吐出灼熱的吐息，棲息在極寒冰壁的龍能吐出利刃般的暴風雪。另外也有能夠吐出毒、雷電或是發出的吐息在概念上算是虛無的特殊種類。當然，如果是沒接觸過極端環境的龍，並不會發出奇怪的吐息。

而靜寂龍的狀況則是吐出火焰。連鐵都能熔解的灼熱洞窟。牠將那樣的環境帶到了戰場上。

「…………咦？」

驚險地躲過烈焰的阿爾蜜塔，光靠肌膚感覺到的熱度就明白了一件事。她繼續反覆加速和急停，避免停在龍的正面被牠瞄準。

（如果被擊中，就完蛋了……！）

催發出來的強大魔力也能防禦衝擊和高溫，但還是有極限，面對龍那股壓倒性的破壞力，也只能達到安慰的效果。

龍改變了戰術。牠不再揮舞爪子和尾巴，改用摻雜了假動作的吐息。吐息的火焰很快就會消失，但放出的熱度會繼續殘留在那裡。就算能躲過直擊，那股熱氣還是會消耗體力。

（無法接近……）

總之只能先飛來飛去，尋找機會。雖然長期戰對自己不利，但如果急著分出勝負，立刻就會被擊墜。既然兩個選項都不好選，只能繼續掙扎尋找其他的選項。

阿爾蜜塔看見了還稱不上破綻的微小機會。

或許是焦急到受不了了，龍的攻擊變得草率。牠用力吸了一口氣累積吐息，打算進行大範圍的攻擊。

（就是現在！）

阿爾蜜塔刻意裝出失速的樣子。讓龍以為只要現在發出吐息，就一定能命中。當眼前充滿灼熱的紅色火焰時，阿爾蜜塔也真的沒閃躲。

沒錯，她沒有閃躲。

而是筆直地飛向龍。魔力的防護代替阿爾蜜塔承受高溫的傷害，即使肌膚還是有被火燒的感覺，她仍毫不畏懼地向前衝。

（好燙、好痛、好痛苦、好可怕——不過！）

紅色的火焰正好能夠遮掩她的行動。直到嬌小的妖精逼近，並抱著同歸於盡的覺悟使出攻擊時，龍才在這個致命的瞬間察覺自己的失誤。

「喝啊啊啊啊！」

阿爾蜜塔將全身的體重和衝勁都壓在這一擊上，將劍刺進巨大的眼睛裡。

伴隨著不成聲的慘叫，龍痛苦掙扎。牠胡亂拍動著翅膀，開始下墜。

只要所有的眼睛都被破壞，靜寂龍就會死。

（成功……了……）

阿爾蜜塔被從龍鼻尖上甩落。

為了抵禦火焰，她太過勉強自己了。如今她全身都使不出力氣。

她甚至無力維持幻翼，只能任憑身體下墜。即使只有幾秒也好，她想休息。這點程度的願望應該沒關係吧。

這一戰真的很辛苦。不過她努力到了最後，好想稱讚自己。

她嘴邊不自覺地浮現笑容——

此時，龍全身睜開了無數的眼睛。

（——咦？）

超過二十隻黃色的眼睛，全都包含著猛烈的怒火，瞪向逐漸墜落的阿爾蜜塔。

只要所有的眼睛都被破壞，靜寂龍就會死。這應該是真的。不過，那項傳說缺了一段重要的記述。這頭龍的「眼睛」，不只平常會睜開的那雙眼。

（不會吧……）

一度中斷的集中力無法輕易恢復，一度放鬆的身體也無法立刻靠鬥志振作。雖然她勉強重新展開幻翼，但已經提不起勁戰鬥了。光是破壞兩隻眼睛，就已經耗盡了阿爾蜜塔的全力。

龍的嘴裡再次凝聚火焰。

牠又打算吐火了。這次應該躲不掉了。再過幾秒鐘，自己就會被燒成焦炭墜落吧。

就在阿爾蜜塔死心準備閉上眼睛時——

（啊…………）

在風的吹撫下，她看見了別在自己衣領上的那個。
藍色的胸針，在夕陽的照耀下閃閃發光。
（…………笨蛋，笨蛋阿爾蜜塔！）
她在心裡斥責自己。
如果是緹亞忒學姊，她絕對不會放棄；如果是珂朵莉學姊，她絕對會重新站起來。
而現在的自己，並非單純憧憬她們而已。因為她們已經將包含在這個胸針裡的各種難解意義，都託付給自己了。
（重點不是贏不贏得了。而是不能打一場會讓學姊們蒙羞的戰鬥！）
伴隨著決心，阿爾蜜塔反瞪龍的眼睛。因為沒辦法一次瞪幾十隻眼睛，所以她姑且先瞪向最近的一隻——靠近左肩的眼睛。
「拜託了，帕捷姆，再借我一下力量——！」
她將悲壯的決心化為吶喊。
砰。

一道低沉的衝擊聲突兀地響起。

龍剛才抬起的頭，不知何時已經大大垂下。

（……咦？）

阿爾蜜塔原本已經做好被吐息攻擊的覺悟，但龍遲遲沒有動作。看來是龍的嘴巴被人強硬闔上，導致牠將準備吐出的火焰又吞了回去。

「好——痛啊——！」

阿爾蜜塔聽見某人在大叫。

她不斷移動視線，尋找聲音的主人。找到了。

大概是從正上方直線往下墜吧。然後——雖然令人難以置信——那個人剛才還用全力揮出拳頭，攻擊了雙眼被破壞的龍的鼻尖。

一個櫻色長髮隨風搖曳的女子緩緩起身。

阿爾蜜塔茫然地喊出她的名字。

「可蓉……學姊……？」

「喔，是阿爾蜜塔啊。我還想是誰在戰鬥。」

女子甩了甩紅腫的右手，用開朗的聲音說道。那個聲音和笑容，無疑是阿爾蜜塔所認識的可蓉・琳・布爾加特里歐本人。

「這傢伙是真正的龍吧？妳真厲害，居然能獨自將牠逼到這個地步。」

「啊，是的……不對！這樣很危險，那頭龍還很有精神！必須把牠的眼睛全部破壞掉才能殺死牠！」

可蓉轉動脖子，看向從龍的全身浮現出來的無數眼睛。

「這麼多啊。該說是狡猾還是強人所難呢……」

然後，她笑著說道：

「不過，這樣我也不用保留實力了。」

剛才被突襲的龍，似乎已經回過神。同時也察覺站在自己鼻尖上的新敵人。牠不斷搖頭，想把對方甩掉。

可蓉沒有反抗，順勢投身紅色的天空，掀開遺跡兵器上的布。

「看好了，布爾加特里歐。**那些就是你接下來要淨化的敵人**。」

遺跡兵器布爾加特里歐。

它絕對不算是高階的聖劍，至少本來不是用來對付像龍那樣強大的敵人。

不過，它的特性是用來針對多人數的戰場。在環視戰場後，將能夠以視覺確認的敵人認定為肅清對象，然後直到切碎敵人為止，都不會放過那些對象。

阿爾蜜塔曾經從威廉那裡聽說過這些說明。

但她從未想像過更進一步的事情——也就是讓可蓉拿那把劍的意義。

「……哇啊。」

擁有無數眼睛的龍，可以說是幾乎沒有死角。不過正因為如此，那些利用視覺的騙術也都對牠有用。龍擁有四肢，且連結四肢的骨骼和蜥蜴很像。所以只要能對關節或骨頭的連結處造成損傷，就能削弱牠的行動。換句話說，即使這個生物本身是相當荒謬的存在，還是能夠將狩獵動物的要領應用在牠身上。

而可蓉．琳．布爾加特里歐的戰鬥，只能以巧妙形容。

她帶著理應缺乏威力的劍四處飛舞，不斷在空中劃出流利的軌跡。每當兩道身影交錯，她就會破壞一隻，或甚至同時破壞兩隻以上的眼睛，確實地減少龍眼的數量，與只能揮舞威力強大的劍（帕捷姆）的阿爾蜜塔呈現明顯的對比。

「好厲害……」

這原本應該是自己的戰鬥。所以阿爾蜜塔打算只要可蓉陷入不利的狀況，就要立刻介入。至少她一開始是抱持著這樣的想法在觀看妖精學姊的戰鬥。

然而，她不知不覺就看得入迷了。

才能、能力與經驗的差距。阿爾蜜塔腦中不斷浮現這些詞彙。她實在難以相信自己剛才苦戰的戰場，和學姊正在飛舞的戰場是同一個地方。

就在阿爾蜜塔看傻了眼的期間，眼睛的數量也不斷減少，最後終於歸零。

與此同時，龍的背上出現了裂痕，並從深處露出一個比剛才那些被破壞的眼睛都還要小的眼睛。

「真是頑強，還有隱藏的眼睛啊。」

可蓉傻眼地低喃。

她稍微思索了一會兒後，將布爾加特里歐扔給阿爾蜜塔。

「咦……學、學姊？」

因為適合使用的妖精揮舞得很輕鬆，所以容易被忘記，遺跡兵器本身是又大又重的金屬塊。儘管姿勢不穩到差點墜落，阿爾蜜塔還是勉強接住了那把劍。

「為什麼丟給我？」

「因為派不上用場了。那隻新眼睛沒有被認定為肅清對象。」

布爾加特里歐的異稟，是能對認定為肅清對象的對手發動猛烈的攻勢。不過與此同時，它在面對並非肅清對象的對手時幾乎無法發揮功用。淨化罪孽的地獄之火（布爾加特里歐），只能用來對付被認定為有罪的對象。

「怎麼會……」

原本還有點興奮的阿爾蜜塔，感覺自己的臉色開始變得蒼白。

但可蓉本人還是一樣開朗地說道：

「話說仔細想想，那並不是〈十七獸〉吧。就算不是遺跡兵器，只要威力夠強就能打倒牠。」

這句話是什麼意思？

在阿爾蜜塔提問前，可蓉已經鼓起幹勁將幻翼擴大到原本的兩倍。

「要上囉～」

她開心的語氣在這個場合顯得十分突兀。

龍以怒氣沖天的聲音，仰天長嘯。

臉上依然掛著笑容的可蓉**用力踢了一下空氣，在空中奔馳**。她以巨大的幻翼確保速度，用自己的雙腳維持靈活的機動力，在空中劃出閃電般的軌跡。

她舉起拳頭，然後當場扭轉身體。

不論是旋轉、移動或停止的力量，甚至就連毆打物品時的反作用力，都被可蓉恣意結合在一起。力量被匯集在一起後形成勁，發揮出單純到愚蠢的純粹破壞力。

阿爾蜜塔當然不懂其中的原理。連可蓉是如何學會這種技巧，這種理所當然的疑問都沒有產生。

她只看見了結果。

看見那頭靜寂龍最後的眼睛，被單純血肉之軀的拳頭垂直貫穿的事實。

7.（玻璃球）

今天要去**城裡**。

據說所謂的城鎮，是指有許多人住在一起的地方。

少年曾問過是不是像妖精倉庫那樣的地方。

「『許多』、『人』和『一起』的定義都有點微妙的不同呢。」

潘麗寶的回答一如往常地複雜。

「別在意，語言這種東西原本就很無力。不用在意，直接體驗實物就行了。幸好你有能力做到這點。」

雖然搞不太懂，但既然搞不懂也沒關係那就算了。

†

離開妖精倉庫後，一行人走向與前陣子的花田不同的方向。

稍微走一段路後，路面的狀況變得不一樣了。凹凸不平的地方和石頭變少，被踏平的地面非常好走。

艾陸可用鼻子哼出節奏——那似乎叫哼唱——開心地走在前面。少年發不出相同的聲音，所以靜靜地跟在後面。

他突然在意起一件事——

「只有我們幾個嗎？」

向走在旁邊的潘麗寶問道：

「迪迪萊科或蒙紐莫蘭他們不能一起去嗎？」

這次和野餐時不同，只有艾陸可和少年去「城裡」。

迪迪萊科、蒙紐莫蘭、哈比拉塔、喬爾紐馬和佩拉薇緹……其他住在妖精倉庫的生物被要求看家。牠們不滿地扭動了一下身體後，就決定乾脆自己玩並一起跑到庭院了。

順帶一提，提議幫牠們取名字的人，當然是潘麗寶。命名者也是她。她表示「名字這種東西本來就只要輕鬆地靠直覺決定就好」，然後就隨意替排成一列的牠們取了名字。

「問得好。但別急著下結論。你馬上就會親眼看見答案。」

她又開始說些難懂的話。

少年不悅地鼓起臉頰。錯的是選擇問潘麗寶的自己。既然對方都這麼說了，那就好好用自己的眼睛見識一下吧。

看得見建築物了。

不是一、兩棟，而是有超過十棟外形和妖精倉庫一樣的建築物分散地蓋在那裡。

而且還能看見人類。一顆頭、兩隻手和兩隻腳，超過十個外形和自己、艾陸可與潘麗寶一樣的人走在外面。

「…………咦？」

少年驚訝到連聲音都發不出來，只有嘴巴不斷開開合合。艾陸可一看見少年的反應，就「嘻嘻」地笑了。看來她以前就看過「城鎮」。真不愧是艾陸可。

「雖然規模很小，但今天是舉辦市集的日子。過去看看吧。」

「市集！」

艾陸可衝了出去；少年追了上去；潘麗寶「哈哈哈」地大笑。

——今天一整天看見了各式各樣的東西。

建築物。

人類。

以及市集的商品。

「很厲害吧。這些全都是某人製作出來的東西。」

潘麗寶以溫柔的聲音得意地說道：

「和花環一樣，某人渴望著食物、衣服、住的地方以及其他各式各樣的東西，然後逐漸將世界改變成有這些東西的樣子。」

「為什麼？」

「誰知道呢。硬要說的話，因為原本就是如此吧。」

「原本就是如此？」

「存在於世界上的一切，都一定會逐漸改變世界。無論有無自覺，以及是否出於本意。」

潘麗寶以像是在回憶什麼般的眼神如此說道。

「像這樣逐漸改變的事物的集大成，之前的所有人存在過的證明，就是名為現在的時間，也是世界之所以美麗的理由。」

潘麗寶叫艾陸可和少年各挑一個想要的東西，她會買給他們。

艾陸可眼神閃閃發光地逛著擺設各種東西的市集，在不斷煩惱到用腦過度，變得暈頭轉向後挑了一個白色的大球。

「因為可以大家一起玩！像這樣彈來彈去！」

「原來如此，真有妳的風格。哎呀，其實我也不太了解妳，只是想說說看這句話。」

「潘麗寶知道怎麼玩球嗎？」

「嗯，那當然。從輕鬆又開心的休閒活動到血腥恐怖的生存死鬥，各種規則我都很熟悉。雖然後半段是騙人的。」

「妳知道怎麼開心地玩嗎？」

「嗯，放心交給我吧。」

艾陸可開心地大笑。

少年煩惱著——自己是否也該選一樣的東西。

艾陸可非常博學，知道許多這個世界的美好事物。她覺得好的東西一定能為她帶來幸福，那對少年來說應該也會是美好的事物。所以自己應該也選球……或是同樣能和大家一起玩的東西。

那一定是正確的選擇。

然而，他沒辦法做出選擇。

少年的視線集中在一樣和球這種玩具完全不同的東西上。

「嗯。你想要那個啊？」

「呃……那個……」

他無法立刻回答。自己真的想要這個嗎？

那是一個金屬製的圓筒。兩端裝著某種像不會冰的冰塊的東西。只要望向其中一端，遠方的景象就會變得像是近在眼前。

「……我不知道……」

「雖然你這麼說，但你只是在迷惘而已。原來如此，這是個好徵兆。」

「咦？」

「原本空蕩蕩的你，正逐漸發現自己的慾望。現在只是不曉得該怎麼應付而已。」

這算是好事嗎？

在少年詢問前，潘麗寶已經先向店長搭話。她彈了一枚閃亮的硬幣給店長，然後說了一些話。

店長點頭，用粗壯的手指抓起金屬筒，熟練地用紙包裝，然後將包好的金屬筒交給少年。

少年依序看向那個紙包裹、店長的臉、潘麗寶的臉，以及艾陸可的臉。然後他緩緩伸出手，收下那個紙包裹。

「太好了呢。」

潘麗寶如此說道，少年沒有肯定也沒有否定。

「你想看遠方嗎？」

回程的路上，艾陸可如此問道。

少年坦白回答不知道。自己為何會被這個圓筒吸引呢？

「遠方有什麼東西嗎？」

少年回答不知道。自己到底對遠方的景色抱持什麼期待。

一想到可能會讓艾陸可失望，少年開始害怕了起來。但是艾陸可用力張開雙手，仰望天空——

「好棒喔！」

女孩說出了這樣的話。

「很棒……嗎？」

「你要看位於遠方的某個未知吧？」

「咦……」

會變成那樣嗎？或許會吧。

「感覺會很開心！」

嗯——一定會是那樣吧。

因為艾陸可這麼說了，所以之後一定會很開心。

少年和平常一樣做出了這個結論。一如往常的結論，一如往常地舒適。

不過，潘麗寶一直露出不懷好意的微笑這點，讓他感到很在意。

「那個選項提出詢問（上）」

-worldend emissaries-

1.（月光）

白天的妖精倉庫非常熱鬧。

艾陸可活潑地跳來跳去，各種不同外形的居民也跟著仿效。

少年也活動著雙腳，緊追在後。

他很喜歡像這樣度過的時間與看見的世界。

夜晚的妖精倉庫非常安靜。

艾陸可鑽進被窩閉上眼睛後，她和少年以外的所有居民就會消失無蹤。無論是迪迪萊科或蒙紐莫蘭，全都一起消失了。

然後，只有少年不會睡。他不太懂什麼是睡眠。

夜晚只有無盡的黑暗、蟲鳴和風聲。少年獨自被留在這樣的世界，所以他不太喜歡這段時間。

†

少年推開房門，發出細微吱吱的開門聲，走進客廳。

整間客廳都被月光照亮。從大窗戶裡照進來的月光，替室內的所有物品加上了淡淡的陰影。牆上的燈、壁爐台、插著神祕植物的大壺、短毛地毯、桌子和椅子，以及坐在椅子上的女子。

「——我知道，時間所剩不多了。即使這個世界原本就是東拼西湊而成，這個事實也不會改變。」

有聲音。女子正在和誰說話。

「我明白妳的期望，也沒打算輕忽，會盡可能尊重妳。但是我也不會因此扭曲自己的作法。」

少年眨了幾下眼睛，但還是沒在房間裡看見其他人。

女子正看向桌上。她憐愛地以指尖玩弄著某個放在那裡的小東西。

「放心吧，我的朋友們都很可靠。她們會在**孵化之日**前幫忙把一切都準備好。所以妳不用擔心，紅湖伯──」

女子的手指離開桌面，像是在驅趕什麼般朝空中揮了幾下。

然後──女子像總算發現他般，重新看向這裡。

「嗨，蒙特夏因（Mondschein）。要喝牛奶嗎？」

「嗯……」

少年點頭，在女子──潘麗寶旁邊拉了一張椅子坐下。

桌上的景象映入眼簾。那裡放了幾顆五顏六色的玻璃球，大概是白天在市集買的吧。

在冷硬的月光照耀下，那些玻璃球在桌上留下持續晃動的冰冷陰影。

「……那個。」

「有什麼問題嗎？」

「嗯……妳為什麼要那樣叫我？」

蒙特夏因。那是這名女子替少年取的名字。和迪迪萊科牠們相比，總覺得好像哪裡不太一樣。少年覺得自己的外表既不像月亮（Mond），也不會發光（Schein）。

「我才不會像小孩子塗鴉那樣隨便幫你取名字。我好歹也是會看狀況的。」

「塗鴉？」

「雖然我沒什麼學識，但有個好顧問。所以就請那個人幫忙從古老的語言中挑了些不錯的詞。月光（Mondschein）。從大地分離出的另一塊大地。從遙遠的彼方陪伴在身邊的存在。靠接受耀眼的光芒，柔和照耀地面的光輝。」

潘麗寶聳肩。

「很有詩意對吧？」

「我不太懂。」

「嗯。其實我也一樣。學識豐富的人講話一堆典故，真令人困擾。」

潘麗寶像是刻意地大笑出聲。

「潘麗寶小姐……」

「嗯？」

「妳為什麼會出現在這裡？妳來妖精倉庫做什麼？」

「原來如此。哎呀，是個能從各種方面解讀的模糊問法呢。雖然我很想以壞心眼的方式回答你……」

潘麗寶露出奸詐的笑容。

「但我還是簡單回答好了。我在這裡是為了做準備。因為你再過不久就必須做出一個非常不得了的決定。為了避免你到時候慌了手腳，我才溫柔地趁現在給你一些刺激。」
所謂的簡單，應該是指不加入多餘的東西。但少年實在不覺得剛才的回答符合簡單的定義。
「我也來問你一個問題吧。」
「什麼問題？」
「你在這裡過得幸福嗎？」
少年聽了後，覺得這是個簡單的問題。
因為覺得可以立即回答，於是他張開嘴巴。
然後，發現自己說不出任何話。
（咦……？）
幸福。那一定是近在眼前的事物。
如果沒有那個，應該會非常悲傷。所以不覺得悲傷的自己當然是幸福的。不過，該不會自己其實很悲傷，只是沒有發現而已。
不管怎麼想都沒有答案，所以──
「……我不太清楚。」

少年搖頭。

「艾陸可笑的時候，我覺得那樣很好。但我自己又是如何呢？」

「原來如此啊。」

潘麗寶不知為何滿意地點頭。

「這樣就行了，蒙特夏因。羨慕別人的幸福，一定對尋找自己的幸福有幫助。這點我可以向你保證，絕對沒錯。」

「是這樣嗎？」

「就是這樣。」

潘麗寶不斷點頭肯定。

「少年，你要繼續這樣健全地成長喔。人生總是無法避免戰鬥。如果到時候找不到自己戰鬥的理由，會連站上戰場的資格都無法贏取。」

「……潘麗寶小姐。」

「嗯。」

「那個是什麼？」

「是假鬍子。我覺得剛好適合拿來扮演長老的角色，在市集上買的。」

「這樣啊。」

雖然完全聽不懂她在說什麼。不過，潘麗寶開心地裝出老人的聲音笑了。既然她笑得很開心，那應該是好事。不過真的是這樣嗎？讓人有點煩惱。

「那麼，我也差不多該睡了。」

潘麗寶摘下假鬍子，從座位起身。

「你——已經學會一些簡單的字了吧，可以試著看點書。等你將來重新省視自己的時候，關於這個世界的知識或許會對你有幫助。大概吧。」

講得也太沒把握了。

「我知道了。晚安，潘麗寶小姐。」

「嗯。」

女子瀟灑地轉身背對少年。

「就快到了。」

女子輕聲低喃……這次應該是自言自語。

少年看著潘麗寶的背影聽她說話。

「那個時刻就快到了。讓你選擇自己要走哪條路的時刻。」

2. 逐漸龜裂的世界

龍的巨大屍體在壓倒了一堆樹木後，墜落大地。

屍體緩緩地變成像灰色黏土的東西，然後，宛如沉入水中的方糖般，逐漸消散在空氣中——

（牠……死了嗎……？）

阿爾蜜塔降落地面，消除幻翼。下個瞬間，她雙腿無力，差點倒在地上。不過她像是要將雙腳釘在地面般拚命用力，硬將姿勢調了回來。

（這麼大的東西……真的……）

剛才有一瞬間。

感覺就像周圍的空氣消失了一般。呼吸停止，全身都被難以言喻的緊張感包圍。全身的肌膚像是被世界拉扯，又好像被用力推擠一樣，是一種讓人想吐的奇妙感覺。

伴隨著一道彷彿幻聽般「啾啵」的聲音，那種感覺突然急速消退。

（怎、怎麼回事……）

阿爾蜜塔突然感到一陣暈眩，腳步再次變得不穩。

「唔喔，還真是難受。」

在她的旁邊。不知何時降落地面的可蓉搖著頭說道。

「不愧是龍，不是只有身體大而已。」

「……學姊。妳知道剛才那是怎麼回事嗎？」

這個問題脫口而出。明明還有更多該問的事情和想說的事情，但阿爾蜜塔首先提出這個疑問。

可蓉稍微思考了一會兒後——

「是**喪失的反彈**。這個世界結界的殼稍微裂開了。」

直接指向天空。阿爾蜜塔跟著仰望傍晚的天空，那裡和剛才一樣被夕陽染成溫暖的赤紅色。

——她有一瞬間以為是灰塵跑進了眼睛裡。

阿爾蜜塔隱約在天空中看見了一條像線的東西。她眨了幾次眼，揉一揉眼睛，然後總算確定那既不是錯覺，也不是看錯。

雖然不明顯到沒被提醒就不會發現，但確實存在於那裡。

「世界，出現裂縫……？」

「當然是〈最後之獸〉。模仿生命的人偶損壞後，〈最後之獸〉的世界也會跟著變脆弱。被破壞的生命愈大，造成的影響也愈大。太好了，阿爾蜜塔，任務稍微有進展了呢。」

「不，打倒牠的是學姊吧。」

阿爾蜜塔反射性地回答後，思考了一下。

世界變脆弱。任務有了進展。沒錯，她們是為了破壞世界，才會進入這個〈最後之獸〉的內側。

「不過，學姊，這表示……」

一陣歡呼聲打斷了兩人的談話。

龍是墜落在離城寨有段距離的森林裡。幾名發現戰鬥已經結束的人族，正以明顯鬆了口氣的表情靠近這裡。

「是妳的同伴嗎？」

面對可蓉的提問，阿爾蜜塔反射性地回了句：「是的。」

這裡充滿了各式各樣的感情。

恐懼、不安、憤怒、興奮、安心以及虛脫感，總之各種內心的感動全部混雜在一起，難以分開。而這些感情都有一個相同的合理理由——他們陷入了理應必死的危機，然後又奇蹟似的獲救了。

除了那頭龍的死訊以外，還有另一個好消息。應該說他們原本設想的某個狀況，後來獲得了證實。也就是在靜寂龍打算使其化為灰燼（陷入靜寂）的兩支「軍隊」中，有一方已經比這座城寨還早遇襲了。前陣子還占壓倒性優勢的豚頭族軍隊出現了大量的死傷，已經無法繼續作為軍隊運作。

「所以是我們勝利了。」

伊歐札對其他同伴們說道。所有人聽見後，各自替自己心裡的感情找一個折衷點，想要露出開心的笑容。

他們至今已經失去了太多。也不覺得自己有確實和可恨的豚頭族做出了斷。由於物資所剩無幾，就連這座好不容易守下的城寨，也必須在近期內捨棄。

即使如此……他們還是努力說服自己，贏了就是贏了。

如果過度催發魔力，當然會對身體產生不好的影響。阿爾蜜塔這次面臨的狀況，是體溫顯著降低。她用毛毯包住自己並待在火堆旁邊取暖，雙手握著裝了熱牛奶的馬克杯。

感覺從指尖傳來的溫度，正逐漸滲透到全身。

「學姊之前都在哪裡啊？」

她抬頭問道。

阿爾蜜塔在腦中列出想問的事情，並試圖排出優先順序，但排到一半頭就暈了，所以直接丟出剛好想到的問題。實際丟出去後，她才發現這確實是個相當重要的問題。

「我……稍微經歷了一場大冒險……」

可蓉搔著臉頰，難為情地說道。

「大冒險？」

「例如在毫無人煙的荒野徘徊，差點死掉；或是在大海中漂浮，果然還是差點死掉；在吃了看起來很好吃的魚後，當然還是差點死掉。」

「學姊……！」

阿爾蜜塔驚訝到說不出話。

雖然都是些令人難以置信的事情。

而且講話的語氣也像是在開玩笑，但這些話畢竟是出自可蓉學姊的口中。就算多少有些誇張，應該也不是謊言。換句話說，這位妖精學姊確實如她所言，在經歷了一場大冒險（除此之外還能怎樣形容！）後，才抵達這裡。

阿爾蜜塔本來覺得自己在這裡吃了不少苦，心裡甚至還有著希望能被理解或稱讚的膚淺念頭。

但看來學姊一直在比自己還要嚴苛的場所戰鬥。

「我還和不少強者戰鬥過，出乎意料地差點死掉。」

「學姊……？」

「我還找到了好師傅，稍微接觸到一點拳法的精髓。現在的我可是比以前強了百分之五左右。」

可蓉握緊拳頭。

然後，在一瞬間露出痛苦的表情。

「……但那一拳還需要再多練習，手腕會受到力量的反彈，證明我還不夠成熟。」

不夠成熟。

阿爾蜜塔覺得學姊已經這麼厲害了，實在不應該說出這種話。

「感覺現在的我，應該能和威廉好好打一場。雖然感覺還差一點才能贏過他。」

可蓉用充滿自信的表情，說出微妙地有點沒自信的話。

「學姊……」

可蓉過於一如往常的舉止，讓阿爾蜜塔傻眼到笑了出來。

笑出來後，眼角也跟著浮出淚水。

肩膀開始顫抖，牛奶的表面也跟著晃動。

「學姊一點都沒變呢。」

「嗯？看起來是那樣嗎？」

「一點都沒變。果然從以前開始……就一直很厲害。」

阿爾蜜塔含了一口牛奶，慢慢嚥下。

「我在這裡……一直什麼都辦不到……」

「嗯？」

可蓉露出困惑的表情。

「我們的目的是什麼？是用超強的力量打倒敵人嗎？」

「是……拯救世界……」

「不對。」

可蓉堅定地說道。

「是要能在最後哈哈大笑。別搞錯了，不管是世界還是敵人，都只是為了這個目的而經過的道路。」

「那是……」

那根本是只屬於強者的說法。既沒有強到能笑，也沒有資格笑的自己，到底該怎麼辦才好。阿爾蜜塔忍不住這麼想。

「阿爾蜜塔，妳來到這個世界幾天了？」

「……七天左右。」

「我差不多一年了。」

咦？

聽不懂對方在說什麼的阿爾蜜塔，驚訝地睜大眼睛。

「我們在進入這個世界時，犯了非常嚴重的失誤。大賢者史旺、星神艾陸可、地神黑燭公、地神紅湖伯、地神翠釘侯，以及黑燭公的侍女該亞。雖然我們有意識到必須在這個世界找出哪些人，但事先並沒有決定順序。」

阿爾蜜塔果然還是聽不太懂。

「這算是失誤嗎？」

「在我們掉進的『時間』和『地點』附近，有我們在尋找的對象。」

阿爾蜜塔稍微思索了一會兒，但果然還是不懂。

「這個世界是由回憶拼湊而成。所以連時間都會亂七八糟地輪換。就像阿爾蜜塔掉進七天前的這裡一樣，我和潘麗寶是掉進一年前的里斯提。」

「咦？」

可蓉突然說出一個出乎意料的名字，讓阿爾蜜塔嚇了一跳。

「潘麗寶學姊也在嗎？」

「嗯，我們很快就順利會合了。順帶一提，紅湖伯也跟我們在一起。」

「咦？」

「我們就是因為從她那裡聽說了不少事，才決定分頭行動環繞這個世界。潘麗寶負責翠釘侯，我則是負責救出……」

可蓉轉頭望向被黑暗籠罩的森林。

「應該在這座森林裡的黑燭公。」

阿爾蜜塔驚訝地張著嘴巴，望向這座森林的深處。

她們要營救的其中一位地神就在這裡。

阿爾蜜塔完全沒有發現，也沒有想到。

「受到地神被拆散的影響，我們也跟著分散了。這就是我們的第一個失誤。但拜此之賜，只要能像這樣成功會合，就能接近所有的地神。目前還算順利呢。」

阿爾蜜塔用力抱緊毛毯。牛奶差點灑了出去。

「如果森林被燒掉，或許道路就會消失。因為阿爾蜜塔在這裡努力了七天，花了一年來到這裡的我才能趕上。這是大功一件啊。而且阿爾蜜塔之後還會繼續立下功勞。」

「我不覺得會這麼順利……」

火堆裡的柴火發出爆裂聲。

阿爾蜜塔突然察覺自己很睏。她的身體和心靈已經疲憊不堪。而且原本一直繃緊的神經，在這瞬間終於放鬆了。

（呼啊……）

「哎呀。」

可蓉接住了從阿爾蜜塔手中滑落的杯子。

然後連這件事都沒察覺的阿爾蜜塔，意識就這樣緩緩在搖曳的火焰對面消散。

†

阿爾蜜塔開始靜靜地發出平穩的呼吸聲。

可蓉將手放在她的額頭和脖子上，診斷她的狀態。

雖然體溫很低，但脈搏穩定。既然身體沒有大礙，就這樣讓她繼續睡下去好了。

「妳真的很努力了。」

可蓉分開蓋住阿爾蜜塔眼睛的瀏海，輕輕用手指替學妹梳理頭髮。

阿爾蜜塔剛才表現得很謙虛，但可蓉不覺得自己有過分誇獎她。她原本在妖精倉庫過著平穩的生活，然後突然被丟進這種地方戰鬥了七天。而且這還是她第一次戰鬥。無論再怎麼用力誇獎她都不為過。

「不覺得會這麼順利啊。」

可蓉重複了一次阿爾蜜塔睡前說的話。

「緹亞忒以前經常說這種喪氣話呢。」

對自己沒有自信，但又有非做不可的事情，而且還無法期待自己沒有的力量，所以只能不斷專注在自己能辦到的事情上，用微薄的力量抓住最大的可能性。緹亞忒・席巴・伊格納雷歐這名英雄，就是這樣誕生的。

可蓉當然沒有期待阿爾蜜塔也做到相同的事情。但相信努力向前邁進的人一定能夠確實前進，應該沒關係吧。

先不管這件事。

（……問題是接下來該怎麼辦呢。）

可蓉輕啜了一口阿爾蜜塔喝剩的牛奶。

可蓉知道的現狀，大致就跟剛才告訴阿爾蜜塔的一樣。

這個世界是模仿過去的地表世界。

因為是以維持地表世界的當事人——地神們龐大的記憶為基礎，所以這裡的寬廣程度和精細程度超乎想像。

不過或許正因為如此，這個世界才模仿得不完全正確。具體來說，就是時間的流動變得亂七八糟。這似乎是（根據當事神的辯解）因為地神們之前奮力抵抗，不讓世界結界完成的緣故。如果這個世界成長到連時間都被整合完畢，那就再也沒有任何方法能夠殺死〈最後之獸〉了。

而就連這最後的抵抗，都無法再維持多久了。

所以在那之前，必須先準備好殺死〈獸〉的手段。

（——在**孵化之日**前湊齊手牌。）

具體來說，就是世界樹。

還有理應在世界樹附近的黑燭公。

世界樹似乎是生長在這座城寨附近的廣大森林裡。因為必須依照特殊的路線接近才能找到，所以不能直接靠幻翼找出來。

總之今晚就先讓阿爾蜜塔恢復精神和體力。明天開始要找人帶路了。

『方便打擾一下嗎？』

一個瘦弱的男子走向這裡。

在這個世界展開大冒險的期間，可蓉也學會了一點這裡的語言。如果只是簡單的日常會話，應該說是戰場會話，不管是聽或說，她都沒有問題。

『喔。』

可蓉抬頭觀察男人的表情。

在這個世界生活了一年後，可蓉明白了幾件事。年輕女性光是出現在這裡的戰場上，就會讓男人們的舉動變得奇怪。而且以人族的基準來看，可蓉·琳·布爾加特里歐的長相似乎還算不錯，容易引誘男性們發情。

所以她經常被人搭話。不僅如此，其中很少會是有益的話題。可蓉通常只會收到找她一起喝茶、一起旅行，或是一起回男人的故鄉共組幸福家庭等邀約。

『謝謝。是妳們的戰鬥保住了樹。』

『嗯。』

男子深深低下頭，看來這次能進行正常的對話。

『你們是……』

『有理由從異種族手中守護這塊土地的人。光靠我們，絕對無法撐過這次的戰鬥。妳似乎是和阿蜜塔很親近的人……』

『嗯，我是她的家人。』

『果然啊。』

男子了然於心似的點頭。

『我們有像到能讓你這麼肯定嗎？』

『兩位都是能在空中飛翔的戰鬥女神，如果說這種稀世的存在之間毫無關係，反而讓人難以接受。』

這種誇張的說法，讓可蓉頓時傻眼。

『而且……』男子看向可蓉的劍說道：『聖劍布爾加特里歐。我聽說那把劍目前被託付給某個準勇者輩出的一族保管。妳們就是那一族的人吧？』

『啊～這部分我就不予置評了。』

可蓉搔了一下臉。

男子明顯認錯人了。但如果被深究下去也很麻煩。既然對方搞錯了，乾脆讓他繼續誤會下去。

（我也變成一個壞女人了呢……）

可蓉將臉轉向旁邊，發出壞女人的笑聲。

『我可以問幾個問題嗎？』

『嗯，如果我有辦法回答的話。』

『你知道怎麼去世界樹嗎？』

男子臉上的笑容消失，陷入沉默。

『我們有事要去那裡。可以拜託你們帶路嗎？』

『妳們……』

男子語帶警戒地說到這裡時，暫時閉上了薄薄的嘴唇。

『妳們也是為了世界樹的神諭而來嗎？』

『嗯，大概就是那樣。』

可蓉乾脆地回答。

男子思索了幾秒鐘後——

『我知道了。明天出發可以嗎？』

『當然可以。』

可蓉一隻手抱著阿爾蜜塔，同時笑著伸出另一隻手。

男子困惑地握住那隻手。

『感謝你的幫助，呃……』

可蓉試著回想阿爾蜜塔是怎麼稱呼這位青年，印象中是——

『……伊歐札先生？』

『那個名字是阿蜜塔告訴妳的嗎？』

『嗯，是阿爾蜜塔說的。』

可蓉瞄了在懷裡呼呼大睡的少女一眼。

『嗯。難道不對嗎？』

『不。雖然不太好發音，但聽得懂，這樣叫就行了。』

青年微笑道。

『正確的發音是約書亞。我叫約書亞．埃斯特利德。』

『嗯。約書亞。約書亞啊……原來如此。』

雖然可蓉多少聽得懂這個世界的語言，但還是不太會說。遇到不熟悉的發音時，難免會變得有點怪。

『如果覺得不好唸，還是可以叫我伊歐札。』

『嗯，我還是再努力看看吧。』

可蓉上下搖動握住的手。

『我是可蓉。請多指教啦，約歐札。』

可蓉困惑了一下。

『約歐札。伊書亞……原來如此，真困難呢。』

『不用勉強唸喔。』

可蓉點頭表示「就這麼辦吧」。

3. 某位少年的死亡追憶，然後——

「我覺得有兩個可能性。」

優蒂亞一臉嚴肅地低喃。

「什麼意思？」

「其中一個可能性是他並非真正的大賢者大人。另一個是真正的大賢者大人是個囂張的小鬼。」

優蒂亞認真地豎起手指計算。

「呃，我說啊。」

緹亞忒覺得這女孩又開始講些亂七八糟的話。

遺憾的是，她也不是不能理解女孩想表達的事情。

「大概就是『咦，他真的是大賢者大人嗎？怎麼看都只是個囂張的小鬼耶』的感覺。」

「嗯，我先不對妳的感想做評論，但就算是這樣，優蒂亞應該也沒資格說別人吧。」

「欸～學姊好過分，居然這樣說人家～」

優蒂亞不悅地嘟起嘴巴，揮舞著嬌小的拳頭抗議。

「比起這個。目前可以確定的是，那位小極星術術少年似乎是大賢者大人，以及這樣下去無法解決問題。必須設法讓他想起以前的事情。」

「全力敲他的頭之類的。」

優蒂亞擺出揮舞遺跡兵器的姿勢。

「會死掉喔？」

「放心啦、放心啦。人家是活了好幾百年的大賢者大人吧？怎麼可能被劍戳一下就輕易死掉。」

「難說呢——」

雖然不是在認真檢討優蒂亞的提議，緹亞忒還是陷入沉思。

五年前。闖入〈最後之獸〉結界內的人，除了一部分的例外，大家的記憶都被竄改了。例外是指她們這些黃金妖精，所以緹亞忒只能透過傳聞得知結界是如何奪取記憶。

（但果然還是會期待像大賢者大人這樣厲害的人，能靠自己的力量恢復正常呢……）

這樣的主張當然很沒道理。

既然是活了超過五百年的超人，應該也確實累積了超過五百年的悔恨吧。即使他的內心比常人堅強，也不代表能夠承受超出常人的痛苦。更何況這種事情，實在輪不到外人說三道四。

懸浮大陸群的居民只知道大賢者是位身材高大的老人，而這裡的他外表卻是個孩子。不只是記憶被竄改，連外表都被改變了。這或許代表這個世界的他，其實是希望能忘記那五百年的歲月——

喀噹——

「……嗯？」

樓上傳來有東西倒下的聲音。

優蒂亞和緹亞忒互望彼此一眼，側耳傾聽。

正常來想，這沒什麼好奇怪的。愛瑪和小極星術術少年現在都待在這棟房子的二樓。

雖然兩人應該已經就寢了，但這部分還無法確定。而且即使睡著了，還是有可能因為睡相太差而踢翻花瓶之類的東西。

所以，她們會覺得那聲音有問題，單純是基於直覺。

而兩人互望彼此的動作，則是用來確認「不是只有自己覺得不對勁」。

隱約能聽見類似水聲的聲音。

以及像是抹布掉在地上，「啪唰」的一聲。

接下來——是一股彷彿會黏在鼻腔深處，令人不快的異臭。

「這是……」

緹亞忒驚訝地看向樓上。

明顯異常的跡象，讓她內心的疑惑轉變為確信。

那是血腥味。

†

這棟房屋的二樓是一條細長的走廊，右側有幾扇門等間隔地排列在一起，門的對面則是小房間。因為四處都有不用點火也能隱隱發光的無火燈(Fireless)（似乎是相當高級的東西），所以不用拿蠟燭也能正常行走。

因此當爬上樓梯，到了能看見走廊的地方時，緹亞忒立刻察覺異狀的來源。

「小極星？」

少年倒在黑色的血泊當中。

緹亞忒趕到他身邊時，地上的血多到會濺起來。她不顧水聲和令人不快的黏膩感，直接抱起少年。

（……沒有呼吸……）

即使只靠無火燈的微弱光芒，也能確信少年已經死了。他的胸口開了一個大洞，從裡面流出大量血液。而且——抱在懷裡的身體已經感覺不到體溫。

「學姊……」

「不要過來。」

察覺優蒂亞的氣息後，緹亞忒制止她靠近。

「襲擊者或許還在，要警戒周圍。」

雖然緹亞忒犀利地下達指示，但心裡認為應該沒有襲擊者。畢竟剛才沒有交戰的氣息。即使是靠偷襲得手，也不可能不發出任何聲響就從正面造成這麼大的傷口，那樣太不現實了。

所以這個傷口應該不是別人造成的。

雖然不曉得理由和方法，但只能認為這是小極星術術亦即史旺少年，自己對自己造成的傷口──

「──對了，愛瑪小姐！」

緹亞忒抬頭看向優蒂亞。

（偶爾）敏銳的學妹立刻透過視線察覺學姊的意思。她衝向緹亞忒指示的房間，打開愛瑪寢室的門。

門沒鎖，所以一下就被打開。

一陣強風吹了進來。

感覺是這樣。

（……窗戶開著……？）

因為角度的關係，緹亞忒看不見房間內的狀況，她瞬間推測應該是門打開後，讓空氣變得流通了。

優蒂亞動也不動。

她沒有呼喚房間裡的愛瑪，而是表情嚴肅地觀察裡面的狀況。

「優蒂亞？」

「……學姊，這個狀況該怎麼辦才好。」

緹亞忒倒抽了一口氣。

她看了懷裡的少年一眼，讓他橫躺在地上。

然後緹亞忒起身，靜靜走到優蒂亞旁邊看向房間內。

（…………？）

那裡應該有個房間才對。一個以單人房來說算寬敞，但和貓一起睡就有點太窄的寢室。雖然放的東西不多，但因為常有貓走來走去而顯得凌亂，本來應該能看見那樣的室內景象。

然而，現在映入眼簾的是——

寬廣的荒野，高聳的老舊石造城寨，以及大批帶著武器的獸人。

那群獸人大多擁有灰色的狼頭，另外也能零星看見一些外形像熊或鹿的獸人。不過牠們散發的氣息與在懸浮大陸群常見的同種族成員完全不同——每個人都齜牙咧嘴，粗野地亂噴口水，放任內心的喜悅或憤怒恣意破壞。

下一個瞬間，又被替換成別的場景。

這次是從山頂俯瞰底下的景色。平緩的山坡上長了一大片針葉樹的森林，像是被人直接用刷毛塗上去一樣。然後在森林裡有一大群異形的猛獸，正朝遠方挺進。有兩顆頭的豬、身體大到異常的鹿、四肢有一部分變成液狀的狼，以及長著蛙腿的鯊魚。

下一個瞬間，又換別的場景出現。

在一個圓筒狀的高塔內側。周圍全都是書架，上面擺滿了紅色書背的書。即使抬頭也看不到天花板，只能看見不斷往上堆的書架。

這一切就像不斷從煮沸的水中浮現的泡泡。

各種光景接連出現、混合然後消失。

（……這是怎麼回事……）

無論是聲音、味道、氣息還是殺氣都感覺不到，非常缺乏現實感。所以緹亞忒明白這些都不是現實，比較接近繪畫或晶石投影出的影像。

她無意識地擺出側身的架勢，放慢呼吸，壓低重心，做好無論何時被襲擊都能立刻反應的準備。

「……愛瑪小姐？」

房間裡站著一位穿著睡衣的女性。

她毫不在意持續變化的景色，只是茫然地看向遠方。

「愛瑪小姐，怎麼了嗎？」

緹亞忒又問了一次後，女子緩緩轉頭。

像是想說什麼般張開嘴巴。

（……咦？）

之前的警戒奏效了。緹亞忒以像是將左手往上撥的動作，握住了臉部前方的空間。附帶魔力的手掌抓到了某樣東西，然後直接將其熔解。

伴隨著水分蒸發的聲音，緹亞忒感覺到一股類似燙傷的疼痛。

「優蒂亞，催發魔力！有什麼東西在！」

「哇，嗯、嗯！」

學妹坦率地點頭並開始準備戰鬥，但畢竟她的經驗還不夠充足，要花一點時間才能將魔力催發到能應付戰鬥的程度。這段期間，只能靠緹亞忒一個人防禦。

她定睛凝視，想看穿在愛瑪周圍發生的事情，以及從那裡飛出來的東西的真面目。又有什麼飛過來了。這次她勉強看出是某種像黑霧的東西。用拳頭將其擊落後，緹亞忒感覺到一股像被針刺到的疼痛。

手掌的皮膚裂開了。

覺得空手應對不太妙的緹亞忒，將手伸向背後。她爬上樓梯時，已經重新背上遺跡兵器。她握住劍柄──

（用莫烏爾涅可能不太適合。）

──然後又改握另一把伊格納雷歐的劍柄。

「愛瑪小姐！」

『怎……麼……了嗎……？』

女子緩緩動著嘴巴，發出聲音。

表情卻完全沒有變化。

這已經不是愛瑪．克納雷斯了。當然，這個世界從一開始就沒有叫這個名字的女性

——但眼前的這個人，甚至沒有發揮模仿她過去身影的人偶的機能。

原本是閃耀回憶的複製品的人偶，已經化為毫無整合性可言，煮得一團糟的惡夢。

「唔哇？」

某個黑色物體——看起來像蟲——飛了過來，被緹亞忒用伊格納雷歐的劍身彈開。

其中一隻繞到了後面。優蒂亞發出像慘叫的聲音，將其拍落。

「空手太勉強了，用遺跡兵器。」

「可是這把普羅迪托爾，沒辦法用在這種時候！」

「雖然揮起來可能很辛苦，但把這當成累積經驗的機會吧！」

「我不是這個意思，是真的不能用！」

——緹亞忒回想起一件事。

對了，出發前，她曾聽威廉說過。

優蒂亞的劍名叫普羅迪托爾。意思是「造反者」。雖然以聖劍來說等級非常低，是缺乏才能與傳說的底層準勇者的專用劍。

不過這把劍具備獨一無二的異稟——

「威廉說過，這把劍『在關鍵時刻不會發揮作用』！」

就是這樣的一把劍。

「既然是異稟，難道無法事先關掉嗎？」

「不行，好像會強制持續發動！」

緹亞忒想起威廉曾露出（莫名空虛的）笑容，表示那把劍「真的是派不上用場」。原來如此。雖然她當時就該察覺這點，但真的是派不上用場。

「那妳先退下，這裡交給我──」

緹亞忒往前踏出半步。

（我──）

該怎麼辦。迷惘讓她只能踏出半步。

該殺了她嗎？

殺了這個曾經變成翠銀色的泥巴並消散，然後又再次恢復的對象。明明就算殺了也不一定能解決問題。

而且，在那之前──即使是冒牌貨或幻象，這個愛瑪．克納雷斯還幫過自己，並短暫與自己度過了一段親密的時光。

『怎……麼……了嗎……？』

（愛瑪小姐……）

緹亞忒嚥了一下口水。

沒問題。自己一定辦得到。

對親密的對象，對不想失去的對象持劍相向。這種事至今已經做過好幾次了。

事到如今就算再增加一次又怎樣。

緹亞忒下定決心，準備往前踏出一大步。

——眼前有一條光帶。

而且只能說不知何時就存在於那裡。

並非被投射出來，因為那樣應該能看見光帶描繪的軌跡；感覺也不是出現，因為那樣應該能認知到光帶出現前和出現後的時間。

能夠理解的只有結果。那條光帶不受到何時或來自哪裡的限制，現在就實際存在於眼前。

然後那條光帶在空中畫出複雜的圖案，像是要包圍愛瑪周圍的空間般圍住了那裡。

仔細一看——那條光帶本身是由更細的光線描繪出來的神祕圖案集合體。或許就連那些光線，都是由更加纖細的其他東西組成。縝密又細緻到讓人暈頭轉向，宛如藝術品般的光芒集合體。

緹亞忒知道那是什麼。

是菈恩托露可學姊用過的祕術。咒蹟。已經失傳的人族祕術。但相較於她使用的祕術，眼前的祕術不論規模、精密度、存在感還是其他的一切都難以比擬——

「……妳們兩個退下。」

這個聲音讓兩人回過頭。

史旺少年正勉強靠著牆壁站著。

他的胸口仍開著一個大洞，全身沾滿了自己的血，看起來就是不可能還活著的屍體。

唯獨他往前伸出的右手，充滿了堅定的意志。

「這是我的責任。」

他如此宣告。

4. 通往世界樹的路

從樹葉縫隙灑落的陽光十分耀眼。

不知名的小鳥鳴叫著從眼前飛過。

前陣子附近才剛發生過一場充滿了鐵、血和火焰的大戰，但眼前的景象十分和平，讓人完全無法聯想到那樣的場景。

「呵呵。」

所以會忍不住笑出來也很正常。阿爾蜜塔替自己找了一個毫無意義的藉口。

「身體狀況怎麼樣？」

「沒問題，我很有精神。」

阿爾蜜塔在回答的同時，擺出了一個秀肌肉的姿勢。

實際上她還沒有完全恢復。過度催發魔力的後遺症在超過某種程度後，必須花很長的時間才能恢復。即使如此，應該還是能在幾天內痊癒。

（不過也不能把這幾天都拿來休息。）

雖然受到嚴重的損害，但城寨總算是守住了。無論是豚頭族大軍或強大的龍都已經不在了，換句話說，阿爾蜜塔已經沒理由繼續留在那裡。

此外，可蓉還表示要前往世界樹完成原本的任務。而且她（不知道什麼時候）還和伊歐札青年談好，要請他幫忙帶路。

這麼一來，阿爾蜜塔當然不好意思說自己還想再多睡幾天。

（不過，這樣比一直睡還要能恢復精神呢。）

只要結果好就沒問題。進入充滿生命的明亮森林後，感覺自己也跟著活過來了。雖然黃金妖精都是死靈(Ghost)，但這種事誰管他啊。死靈享受生命哪裡錯了。

阿爾蜜塔用力吸了一口森林的味道。

然後稍微嗆到。

某人過來問「妳沒事吧」，阿爾蜜塔回答「我沒事」。

†

雖然沒有明顯的道路，但這座森林還算好走。

不過因為景色缺乏變化，一不小心就會立刻迷路。

『我並不認識路，只是知道去的方法。』

伊歐札青年是這樣主張的，所以也不能太依靠他帶路。一行人反覆在途中停下來好幾次，確認方向和目前位置，然後再繼續出發。

路上發生了許多有趣的事情。

有個地方會突然起霧。

伊歐札停下腳步，掏出一個形狀奇特的銀笛，演奏了一小段曲子。在阿爾蜜塔她們茫然聆聽的期間，霧居然散了，然後出現一條通往森林深處的道路。

雖然不曉得是什麼機關，但也有會一直反覆回到相同場所的地區。

伊歐札從懷裡掏出一袋餅乾，一一扔到路上——偶爾還會扔到樹枝上或樹洞裡。

他表示「這樣就沒問題了」，照他所說的繼續前進後，順利抵達了新的地方。

從某處傳來嘻笑聲。

伊歐札停下腳步環視周圍，從路邊的草上面切了幾片厚厚的葉子擠出汁液，塗在自己的額頭上，並催促阿爾蜜塔她們照做。

困惑地遵從他的指示後，那些笑聲逐漸遠去，直到再也聽不見。

『感覺好像置身童話故事喔。』

阿爾蜜塔心情好到彷彿隨時都會跳起來。

『不斷施展小小的咒語，開拓新的道路。我以前看過那樣的繪本。』

『實際上我們接下來就像是要走進繪本裡面。』

伊歐札的回答讓人聽得似懂非懂。

但充滿了足以讓人信服的奇妙說服力。

†

視野突然變開闊了。

眼前是一片清澈的泉水。

從這裡能直接看見天空。直接被陽光照耀的水面，散發出耀眼的七彩光輝。許多不知名的野獸原本在這裡喝水，但在察覺入侵者的氣息後，就分散逃進森林深處了。

「啊……」

阿爾蜜塔在心裡對那些被嚇到的野獸道歉。

『我知道的抵達方法只到這裡為止。』

伊歐札看著周圍說道。

『接下來就必須要找嚮導了。那是一群擁有銀色眼瞳的女性，她們身為世界樹的守護者——』

青年話說到一半停下來。

一個人影踩著流暢的腳步，從森林深處現身。

『銀色眼瞳——』

伊歐札低聲重複了一遍。

（銀色眼瞳？）

阿爾蜜塔也在腦中複誦了這個詞，她覺得好像曾在哪裡聽過類似的事情。與此同時，她開始觀察眼前人物的外表。

那是一位貓徵族（Ailuranthropos）的女性。女性在深藍色的洋裝上套了一件白色圍裙，看起來就像平常在某個宅邸裡工作的侍女。

因為阿爾蜜塔最近都和人族一起生活，所以覺得已經很久沒看見無徵種和豚頭族以外的種族。

她姑且確認了一下對方的眼睛是淡綠色，不是銀色。

而且，她對那個外觀有印象。她在闖入這個世界前曾看過對方的照片。印象中是黑燭公的侍女。那位不幸和主人一起被捲入這個世界的人叫——

「請問是……該亞小姐嗎？」

「是的。我已經久候多時了，黃金妖精的小姐們。」

該亞彬彬有禮地鞠了一個躬。

「阿爾蜜塔大人、可蓉大人。主人吩咐我帶兩位進去。」

「咦……妳怎麼知道我們的名字……」

「**這裡原本就是那樣的地方**。」

該亞靜靜地說出不可思議的話。

「這裡的世界樹本來應該記錄了世界的一切。銀瞳族(Prima)的木片魔法也是透過世界樹觀測過去和未來。雖然現在因為種種原因無法使用那個力量，但至少還是能夠知道各位客人的名字。」

阿爾蜜塔愣愣地「喔～」了一聲，並感到佩服不已。

「妳剛才說了主人。表示他果然在這裡嗎？」

「是的。地神黑燭公確實在這裡。」

該亞靜靜地轉身，開始往前走。

「兩位這邊請。」

「啊，好的。」

阿爾蜜塔小跑步追上去，但馬上又停下腳步。

『請問……那位小姐是什麼人？』

沒錯，剛才那段對話全都是用大陸群公用語進行。所以伊歐札聽不懂她們在說什麼。

『她說要帶我們去見她的主人，要我們跟上去。』

『原來如此，那麼……』

『不。』

伊歐札振奮地準備往前走時，該亞靜靜地制止了他。

『非常抱歉。我被吩咐要讓約書亞大人在這裡等候。馬上會有其他僕人過來。』

「咦？」

阿爾蜜塔交互看向該亞和伊歐札的臉。

『原來如此。既然這樣，那我們先走吧。』

「可蓉學姊？」

「大家都有各自的路和各自的戰鬥喔。」

這個……確實是這樣沒錯。

『請妳先走吧。』

伊歐札本人堅定地說道：

「不用擔心我。我當初離開故鄉時，就已經打算靠自己的力量來到這裡。我會一個人拿到想要的神諭給妳看。』

『這樣……啊。』

既然對方都這麼說了，阿爾蜜塔也不能沒理由地耍任性。她輕輕點頭，轉身背對伊歐札。

5. 極星大術師

「妳們兩個退下。」

史旺少年正勉強靠著牆壁站著。

他身受重傷全身是血，拖著仍是屍體的身體用力往前伸出手。

「這是我的責任。」

他如此宣告——

「史旺小極星術術師坎德爾？」

緹亞忒不自覺地喊出這個名字後，少年即使奄奄一息——

「別擅自省略、連結、延長或增加我的名字！」

還是規矩地大吼提出抗議。

緹亞忒因此確信這位史旺（以下省略）少年是本人。雖然她也覺得這種確認方式有點問題。

「呃，你還好嗎？」

「我看起來好嗎？」

「就是因為看起來不好才問的。」

「這樣啊，妳的觀察力真敏銳。我一點都不好。」

緹亞忒這時候才注意到少年的額頭正在冒冷汗。雖然那具身軀怎麼看都是屍體，但看來仍維持著生理上的功能。

「不過，雖然說是幸運也有點怪，但我並非第一次面臨這種狀況。」

少年的指尖像是在顫抖般輕輕移動，於空中畫出某種圖案。

那個圖案散發淡淡的光芒。光芒宛如水流般擴散，從圖案變成圖形。發光的圖形又產生新的圖形，變得愈來愈複雜，並與之前展開的光帶會合。受此影響，光帶又再次動了起來。它分解、伸長、分歧、重新建構、描繪新的圖形、進一步擴大，然後——

用力綁住愛瑪，應該說綁住擁有愛瑪外貌的存在。

（啊……）

事到如今，緹亞忒總算理解了狀況。

史旺少年打算殺了她。

「不行。」

她忍不住大喊出聲。

「不可以讓你這麼做，還是由我來吧。」

「別強人所難了。**這個**是從我的天真和悔悟誕生出來的東西。因為我想取回帝都的生活，取回與愛瑪一同生活的日子而產生的陰影。所以只能由我自己消除。」

愛瑪的脖子無力地往旁邊倒。雖然那似乎是因為被用力束縛導致的結果，但緹亞忒覺得那看起來也像是在詢問什麼。

「可是……」

緹亞忒咬緊嘴唇。

「她是你很重要的人吧。那樣實在太悲傷了——」

「妳真是個溫柔的女孩。不過——」

史旺溫柔地嘆了口氣。

「即使如此，這依然是**老夫**的責任。是只屬於認識真正的愛瑪本人的，**老夫**的責任。」

他用力握緊原本攤開的手掌。

「不會讓妳代替我喔，**妖精兵**——」

咕嘰。

伴隨著一陣低沉的聲響，光帶包圍的空間中心開始朝內側壓縮。

擁有愛瑪外表的存在的胸口像是被人挖開般，開了一個黑色的洞。

（啊……）

那個東西在顫抖。一面顫抖，一面重新建構傷口。想要重新創造出開朗又活潑的愛瑪・克納雷斯。但結果並不順利。恐怕是史旺組成的咒蹟在阻撓吧。

那東西以缺乏表情的臉看向史旺。

——你要走了吧。

嘴唇沒有在動。但還是聽得見這聲低喃。

「嗯。」

史旺輕輕點頭。

——雖然不太清楚狀況，但你要加油喔，極星大術師。

只有這個聲音讓人覺得既開朗又有點寂寞。

——呵呵。像這樣好好替別人送行，還是第一次呢。

「是嗎？」

——是啊。我的願望實現了。明明是一直、一直無法實現的願望。

「這樣啊。」

那個東西開始崩壞。

首先是四肢的末端開始變色，接著變成帶有黏性的翠銀色泥巴，在滴落地面後變得像白色泥土一樣，然後消失。

崩壞開始加速。

首先是指尖消失，然後是手腕、手肘，以及肩膀。

——我這樣就滿足了。所以——

那個最後微笑著說道。

然後，原本用來建構少女外形的東西全部消失了。

史旺放下往前伸出的手。原本持續自己增殖的光帶，全部化為一條條光線消散。

——請你不要再回頭了。

最後只留下這句低喃。

「嗯，的確。如果是妳的話，應該會這麼說。妳就是這種女人。」

史旺閉上眼睛，沉默了一會兒後——

「謝謝妳……讓我作了一場溫柔的夢。」

他緩緩低下頭。

†

環視周遭後——發現周圍的一切都變了。

這裡無疑是她們剛才待的那棟房屋。位於帝都第二街區角落的房屋二樓走廊。她們一步都沒有移動。

改變的不是位置，而是其他東西。

（……原來如此。因為小極星已經和帝都的回憶做出了斷了。）

放眼望去都是廢墟。

堆在地上的書籍和躺在地上的貓咪全都不曉得消失到哪裡了。

天花板和牆壁幾乎都崩壞了，能直接看見外面的景色。厚重的灰色天空底下，是無數宛如被巨大的暴風吹倒的建築物。斷裂的灰泥牆、堆成小山的磚瓦，以及無數被踩碎的玻璃碎片，全都化為慘痛的傷痕，暴露出都市已經死亡。

原本人來人往的大道，已經感覺不到任何人的氣息。

（一個人……也沒有。）

從來到帝都的那一天起，到這段期間遇過的所有人族的臉，在緹亞忒腦中一閃而過。活力充沛的市場店員、個性認真和散漫的守衛們，以及在人群中擦身而過的眾多不知名的人們。

優蒂亞工作的酒館，帝都第三區的方向當然也已經什麼都沒有了。

緹亞忒看向腳邊——二樓走廊的木地板勉強還保留著外形。不過看起來也隨時會崩塌。

史旺少年維持低著頭的姿勢，動也不動。

緹亞忒迷惘著該如何向他搭話。

「……那個。」

「不用擔心。老夫只是回想起以前的事情而已。」

少年抬起頭。

他的面貌已經改變。原本傲慢活潑的孩童相貌，變得像老樹般沉重嚴肅。

「愛瑪·克納雷斯是個生存方式有點麻煩的少女。老夫是在世界上充滿了〈十七獸〉後，於已經變成荒野的帝國西部領地遇見她。然後……」

少年悼念般的仰望天空——

「我們在邁入黃昏的世界一起生活了一段期間……只是這樣短暫的緣分。」

輕聲說道。

當然，這段話應該並非所有的真相。裡面應該包含了說不盡，或是不該說出口的回憶、感情和感傷。不過事到如今，已經不該再去挖掘那些事情。

緹亞忒連忙擦掉從眼角滲出的淚水。

身為當事人的少年都拚命忍住了悲傷。只是個旁觀者的自己，怎麼可以在他面前哀嘆呢。她是這麼想的。

（——明明他一定很難過。）

緹亞忒很清楚。即使只有一起度過一段短暫的時光，對曾經共度過溫暖時光的對象舉劍相向，還是會很難受。她覺得不管經歷幾次都無法習慣，也不覺得之後會變得有辦法承受。

所以，緹亞忒覺得眼前的少年很了不起。

而即使本人並不期望獲得那樣的堅強——站在不得不堅強起來的立場，還是會讓人感到非常寂寞。

此時吹起一陣強風。

勉強維持兩層樓外觀的房屋，終於在劇烈搖晃後倒塌了。

緹亞忒緊急展開幻翼，順便抓住發出可愛慘叫聲的優蒂亞。她緩緩降落地面後，解除幻翼。

史旺少年輕輕磨了一下腳底，看來他用咒蹟製造出立足點，即使沒有地板仍站在空中。接著淡淡的燐光代替腳步聲飛散，少年緩緩走著光之階梯下來。

「老夫要向你們道謝，呃……是緹亞忒和優蒂亞吧。」

此時，優蒂亞打了一個嗝。

她應該是在想回答時，不小心嗆到喉嚨。她用力拍了幾下自己的臉，並不斷靠深呼吸努力調整呼吸——

「啊，嗯，不客氣？」

然後刻意以開朗的態度回答。只是聲音還有點顫抖。

（明明優蒂亞……應該也很難過。）

優蒂亞在這裡——那座幻影帝都度過了一段不算短的時間。她在這裡認識並接觸了不少人，和他們一起生活。她原本就是個親近人的孩子，應該有許多關係不錯的對象。

當然，她早就理解這一切都是謊言，也做好了這一切可能會突然被剝奪的覺悟。不過，這些理解和覺悟依然不足以抵擋喪失帶來的痛苦。

她將那些痛苦壓抑在心裡。因為現在最難過的不是自己。她努力表現得像平常那樣，或是比平常還要開朗。

「話說，用這種語氣和大賢者大人說話，是不是不太妙啊？」

這麼說來，確實如此。之前都沒有注意到這件事的餘力，但這本來應該很重要。

「不用在意。既然目前尚未取回一切，老夫現在就只是〈獸〉的俘虜。連外表也沒什麼變化。」

的確，即使現在語氣和威嚴都像個老人，外表和囂張的感覺還是沒什麼變，是個全身是血的人族小孩。

「更何況事到如今才改變語氣，只會讓彼此都尷尬吧？」

「的確。」

優蒂亞輕輕點頭。雖然緹亞忒覺得這結論有點太隨便了，但當事人不介意就沒關係。一定是這樣。

「話說回來，你的傷還好嗎？」

「這個嗎？不用擔心，這個身體**回想起**這個傷口時，用來維繫生命的咒蹟也同時恢復了。雖然無法取回五百年份的年齡，但大致上和老夫在天空上的時候差不多……」

「那就好，看起來很痛的樣子。」

「已經消除痛覺了。雖然偶爾還是會像突然回想起來般，產生幻肢痛。」

優蒂亞聽見後，忍不住「唔噁」了一聲。

緹亞忒覺得這孩子果然很厲害。雖然是在勉強自己，但她即使面對這種狀況依然表現得很開朗。她知道有這個必要，也順利做到了。

「那麼，目前的情況怎麼樣？」

史旺以銳利的眼神看向兩人。

「懸浮大陸群已經過了幾年？現在是如何填補老夫的空缺？狀況又是朝哪個方向發展？這個〈最後之獸〉造成的危害範圍有多大，妳們的作戰又進行到哪裡了？」

「這個嘛。」

優蒂亞看向緹亞忒。這傢伙居然想把一切都推給別人。

緹亞忒再次閉上眼睛。她用一次呼吸的時間讓自己恢復冷靜，在腦中整理狀況。

「呃，二號島已經被吸收了八年。這項情報姑且被隱蔽了起來，但世間的局勢還是不穩到差點發生大規模戰爭。雖然沒有因為〈最後之獸〉造成損害，但由於二號島無法正常發揮功能，懸浮大陸群就快墜落了。」

「嗯……」

史旺皺起眉頭。那和少年端正的五官實在很不搭。

「另外關於作戰計畫，我們只知道要和小極星術術商量。」

「之後的行動方針呢？」

「設法和同伴會合，找出地神們，將大賢者大人帶到外界，應該會先以其中一個為目標吧。」

「……說得具體一點，就是什麼都還沒決定吧。」

正是如此。

「原本的預定是只要見到大賢者大人，就能藉助你的智慧。」

「那不叫預定，叫希望吧。但老夫又不能不回應妳們的期待，真是的。」

史旺發了一下牢騷後，將一隻手伸向天空，動了動指尖。他用手指描繪出的圖案變成會自動增殖的咒蹟，然後急速擴大。

「老夫不擅長大範圍探查呢。更何況還是以世界為對象這種亂來的事……」

伴隨著一道像是在熱鍋上灑油的聲音，光芒炸裂，飛向四面八方的天空。

「……唔喔……是煙火。」

優蒂亞仰望天空，似乎說了些什麼。

接著史旺從腳邊撿起一根木棒，在泥土裸露的地面上畫了些什麼。那個由許多扭曲的曲線結合起來的圖案，似乎不是咒蹟的術式。

「該不會是地圖吧？」

「嗯，這是用來反映探查結果的簡略觀測圖。看得懂嗎？」

「呃，我曾經看過菈恩托露可學姊做過類似的事情。」

之前曾發生過這樣的事。

菈恩托露可因為忘記把重要文件收在哪裡，臉色蒼白地在房間裡東翻西找，最後不得不依靠咒蹟……但緹亞忒覺得還是別把詳細經過說出來比較好。為了學姊的名譽著想。

「這樣啊。」

或許是因為聽見了學生的話題，史旺的表情稍微放鬆了一些。

此時，優蒂亞發出驚呼。畫在地上的地圖，有個地方正在微微發光。

「翠釘侯在那裡啊。看起來距離不遠。」

史旺轉身看向背後——雖然不管往哪個方向看都是荒野——輕聲說道。

「從這裡只能知道大概的方向和距離。總之先過去再說吧。」

「咦，該不會要用走的？」

優蒂亞沮喪地垂下肩膀。

「難得來到地表世界，這裡不是有瞬間移動的魔法嗎？」

「老夫才不會用那種會讓人頭痛的魔法。順帶一提，也不曉得有誰會用。」

「欸……」

優蒂亞懊惱地搔著頭。

「對不起。那我想去其他地方。」

「唔。」

史旺挑起其中一邊的眉毛。

「我現在最想做的事情是和阿爾蜜塔會合。是叫世界樹吧。那是目前唯一的線索，所以我想去那裡。」

「嗯。」

史旺點了一下頭後，看向緹亞忒，徵詢她的意見。

「咦，我嗎？」

「妳握有這個女孩的指揮權吧？老夫只能提示妳們道路，無法擅自選擇目的地——」

像是在打斷他般，腳邊的地圖又出現新的光點。

「——咦？」

史旺低頭看向那道光芒後，表情變得更加嚴肅。

「這是……」

「找到其他地神了嗎？還是星神艾陸可？」

「不。這個反應從根本上就不同。如果是眾神或妳們這些妖精，因為是來自外側的世界，所以馬上就能確定。但這個反應既不是來自外界，又不屬於這個世界……」

史旺用手掌遮住半邊的臉。

「……怎麼會這樣。」

「請解說！拜託你解說一下！不要一個人在那裡做出結論！」

「等等，妳別急啊，需要花一點時間才能弄清楚。」

史旺用手制止不斷揮著拳頭的優蒂亞，緩緩開口：

「〈終將來臨的最後之獸〉自己沒有核心，所以會讓被吸收進內側的人們充當核心。以這次的狀況來說，就是老夫和眾神。只要把我們帶到這個世界外面，〈最後之獸〉就會無法維持自己，開始崩壞……菈恩托露可是個聰明的女孩，她應該是知道這個道理，才會把妳們送來這裡吧？」

「……是的。」

緹亞忒點頭。明知道現在不是做這種事的時候，聽見菈恩托露可學姊被人稱讚，還是讓她有點開心。

「老夫的想法也一樣。但這個反應會推翻之前的計畫。」

「真是的！頭腦好的傢伙就是這點不行！」

優蒂亞無視現場的氣氛，開始大鬧。

「說得太長了！前置說明太長了！結論，直接說結論啦！」

「別焦急。之所以確認這些前提條件，是因為這些前提條件在剛才都被推翻了。」

史旺在說這些話的同時，指向遠方——那裡和剛才提到的翠釘侯所在地是不同的方向。然後——

「在那裡。這個世界自然產生了核心，並開始成長了。」

說出了這個結論。

「只要那個核心還在，就算我們全部逃離這裡，這個世界也不會消失。這裡會繼續成長膨脹，從內側壓垮懸浮大陸群——」

6. 黑燭公

雖然沒有告訴阿蜜塔她們——

但約書亞．埃斯特利德有他的立場。立場在這個場合，只是不具內涵的頭銜。他知道一部分人類的真相，以及終將來臨的絕望。而在共有相同絕望的人當中，他還是決定抵抗的那個派系的其中一位指導者。

說白一點，他是武裝宗教組織「真界再想聖歌隊」的幹部。

（幸運的是，位於那座城寨的同伴們，都是親近派系的人。）

真界再想聖歌隊這個組織有許多謎團。這不限於外部的人，就連對組織的成員來說也一樣。成員之間唯一的聯繫，就是都知道相同的祕密。不過，在知道「人類會在不久的未來毀滅」這個祕密後，每個人追求的目標都不同。他們不一定懷抱相同的目的，甚至還有可能互相敵對。所以許多聖歌隊的成員連對彼此都會隱藏身分。

能在外地獲得聖歌隊成員協助的機會並不多。

（不僅如此，遇到了阿蜜塔她們，這簡直是奇蹟。）

這趟旅程就像在走一條危險的鋼索。儘管早已做好會遭遇危險和苦難的覺悟，但光靠覺悟還是有許多問題無法解決。在因緣際會下跨越這些困境後，約書亞甚至覺得有個看不見的東西在支援自己。

沒錯，他順利來到了這裡。

走完通往世界樹的道路，來到距離神諭只有一步之遙的地方。

『唉，你這小鬼真會給人添麻煩。』

因為突然被人搭話，約書亞驚訝地轉過頭。在原本沒感覺到任何氣息的地方，站著一位身材矮小，穿著破爛長袍，長著鷹鉤鼻的老婆婆。

她的頭髮和眼睛都散發出銀色的金屬光澤。

約書亞知道有個種族擁有那樣的容貌。

「銀瞳族！」

為了照顧世界樹而誕生的特殊種族。不僅個體十分稀少，所有成員還都是擁有無限壽命的女性。根據傳說，她們也負責把想利用木片魔法獲得神諭的人，帶到世界樹那裡。

「我……我是……」

「我知道你，約書亞．埃斯特利德。海港都市的金屬工匠，聖歌隊的指揮者之一。你來這裡，是為了確認終將來臨的人類毀滅的真相。」

「……妳說的沒錯。」

被看穿了。而且是所有的一切。

約書亞既不害怕也不驚訝。如果這個老婆婆真的是能使用木片魔法看透過去和未來的銀瞳族，當然能夠做到這點程度的事情。

「那麼，請賜予我樹的神諭……」

「不好意思。」

老婆婆用拐杖——約書亞此時才發現她帶著一根金屬製的拐杖——敲了一下地面，打斷約書亞說話。

「這裡沒有你追求的東西。」

「那是必須克服考驗才能獲得的東西嗎？如果是這樣，無論什麼考驗我都會克服給妳看。」

「問題也不是出在這裡。」

老婆婆再次用拐杖輕敲地面。

「當然，如果是真正世界的這裡，確實有你追求的世界樹——也就是用來控制偽造生命的各種現象的控制塔。那是地神們為了有效率地維持巨大的世界結界，而設置的大規模演算裝置。不過——」

老婆婆聳肩。

「這個虛假世界並不是那樣產生的。只要有眾神和那個大賢者小鬼，不需要現象控制塔也能維持這個世界。既然如此，當然不需要連世界樹一起重現。所以這裡只有一個字面意義上的**世界的空隙**。」

「不……」

約書亞勉強用變得難以控制的喉嚨擠出聲音。

他聽見一道小小的怪聲，而且感覺離自己很近。但剛受到強烈震撼的大腦，已經放棄去思考那是什麼聲音。

「我聽不懂……妳在說什麼……」

那個聲音再次響起。是從自己的左肩膀那一帶傳來的。

「真正的你在我們的引導下，邂逅了真正的世界樹，窺探了過去和未來。你對那些景象感到絕望，將剩餘的人生都奉獻在改變人類的未來上——」

老婆婆嘆了口氣後，繼續說道：

「但我們這些冒牌貨連那份絕望都無法給你。所以你的旅程就到此為止了。」

約書亞又繼續聽見了那個怪聲。聲音是來自右手臂、側腹還有胸口深處等各個地方，換句話說——怪聲全都是來自約書亞自己的身體。

感覺像在發燒的他，看向自己的手。那裡已經有將近一半變成了單調的白色物體。雖然有一部分還是熟悉的肌膚，但這樣反而更像是某種惡質的玩笑。

「……原來如此……我們所在的這個世界的人類，本質甚至不是原始獸群……」

真正的約書亞．埃斯特利德早在遙遠的過去，就已經死在遙遠的世界裡了。

這裡的自己只是不完整地繼承了那個名字、外表和記憶，深信自己就是約書亞本人的人偶。而這不單單只是自己一個人的問題，而是能夠套用在所有居住在這個世界的人類，以及這個世界的所有存在上面。

模仿人類的人偶不被允許發現這點。所以自認是約書亞的人偶的身體，正逐漸恢復成原本的無機質姿態。

「真正的約書亞在世界樹得知的絕望，成了他之後繼續活下去的理由。但你在這裡並沒有繼續活下去的理由。」

銀眼的老婆婆只是悲傷地搖頭。

「對不起。」

她說完這句話後，就陷入沉默。

†

巨人正在睡覺。

總之他的外表看起來非常大。即使同樣是巨人，單眼鬼（Cyclops）根本無法與其相比。如果站起來的話，他的頭應該可以輕鬆抵達比這些樹木還要高的地方吧。

他的皮膚，應該說表面的質感也很奇特。既像全裸時的皮膚，也像將全身包得密不通風的衣服，同時也像是鎧甲。那看起來像布一樣柔軟，也像石材一樣堅硬，同時又兼具金屬的冰冷。

骨骼和肌肉的外形，像是經過鍛鍊的男性。話雖如此，如此龐大的巨人，不一定會擁有和其他種族一樣的骨骼和肌肉——更重要的是，壽命有限的種族們的常識，究竟有多少能套用在神身上。

「……就是這個？」

可蓉半信半疑地問道。

「是的。他就是我的主人，地神『黑燭公』。」

該亞點頭回答。

「那個，我聽說他的外表是一顆巨大的頭蓋骨。」

「〈最後之獸〉主要是按照地神們過去的記憶建構這個世界。為了從他們身上獲得更多回憶，恐怕他們被囚禁在這個世界後，物質體就被恢復成原本的樣子了。黑燭公大人在死於和威廉的戰鬥前，外表就是像這樣的巨神。」

在莫名其妙的說明當中，摻雜了一個似曾相識的名字。

（為什麼會出現威廉先生的名字啊。而且還提到戰鬥？）

阿爾蜜塔心裡感到困惑，但那不是現在該在意的事情。

「主人。」

該亞靠近巨人的頭部，大聲呼喊。

「主人。兩位妖精已經抵達了。」

巨大的氣息稍微動搖了一下。

過不久——

『唔……喔喔……』

巨人翻了個身。

擁有超大重量的物體在眼前移動，光是這樣就足以讓人感到恐懼。跟巨人的體重相比，自己就像隻小蟲子，如果被捲入一定會被壓扁。

巨人繼續躺在大地上，將臉轉向這裡。

『喔喔……來得好……』

宛如來自地底的聲音，聽起來魄力十足。

明明魄力十足，但那聲音聽起來像是還沒睡醒。

「不好意思？」

阿爾蜜塔看向該亞，尋求說明。

「黑燭公大人是基於自己的意志保持休眠狀態。」

侍女像是表示理解般點頭。

「透過大幅限制自己的機能，壓抑讀取記憶的速度，好盡可能延長這個世界完成的時間。」

『嗯……』

宛如從地底響起，魄力十足的附和，依然是還沒清醒的樣子。

『雖然只能拖延時間……但還是有意義……實際上……妳們就來到了這裡……』

「你清楚目前的狀況嗎？」

『嗯……雖然只是最低限度……』

黑燭公講話時會不時停頓，不曉得是在思考還是在打瞌睡。

『主動捨棄物質體的紅湖伯已經和妖精兵會合。現在是以魂魄體的型態和妳們的同伴在一起吧。』

「嗯，是在說潘麗寶吧。」

可蓉點頭。

『和紅湖伯一起行動的妖精兵，在非主觀時間的前幾天發現了艾陸可。現在也逗留在同一個地方。』

阿爾蜜塔大吃一驚。

『另外前陣子，其他兩名妖精將大賢者從夢中喚醒了。』

可蓉和阿爾蜜塔互望彼此一眼。進入這個世界的妖精兵有五個人，這裡有兩人，潘麗寶則是在其他地方單獨行動。這表示──

「是緹亞忒和優蒂亞吧。」

「她們兩人也平安無事呢。而且還幫助了大賢者大人。」

哇、哇、哇啊。阿爾蜜塔心裡歡喜不已。

雖然自己費了不少工夫，但其他人的作戰都進行得很順利。這可以說是天大的好消息。

『那個大賢者使用了大規模的探查術，找出了翠釘侯的所在地點。因為我和該亞在這裡，再過不久，被這個世界當成核心的人就全湊齊了──』

阿爾蜜塔之前有聽說這場戰鬥會很艱難，也早已做好了覺悟。

不過一想到事情即將結束，她還是稍微鬆懈了一下。

「那麼，接下來只差逃離的方法了。」

『嗯……這也是個問題。』

像在說夢話的黑燭公，變得欲言又止。

『但說來慚愧，還必須……再追加一個難題……』

「咦？」

是什麼難題呢？阿爾蜜塔當然很在意這個，但她更介意前面的那句「說來慚愧」。

「那是什麼意思……」

『因為完全是家醜，所以實在難以啟齒……』

雖然他的聲音依然宛如從地底響起般充滿魄力，但這次變得吞吞吐吐感覺有點遜。

『關鍵的地神之一，紅湖伯已經失去了逃離的意願。』

7. 世界的破壞者與世界的守護者

「真的可以交給妳嗎？」

道別時，大賢者擔心地問道。

「從反應來看，這個〈最後之獸〉的核心，還很稚嫩，要打的話應該輕輕鬆鬆就能殺掉——」

「既然如此，兩、三個人一起去反而比較危險。」

緹亞忒重新背起兩把遺跡兵器，如此回答。

「放心吧，我很習慣單獨出任務。」

「不過……」

「我才要請大賢者大人幫忙照顧優蒂亞呢。要是沒有人盯著，她馬上就會亂跑。」

「……嗯。我明白了。」

雖然優蒂亞對自己的待遇非常不滿，但另外兩人毫不在意。在經過這段對話後，緹亞忒向兩人道別。

這個世界是拼湊而成的。

雖然被關在帝都這個限定的城市（夢境）時沒發現，但離開這裡後就能實際體會到。

明明原本是走在平坦的大地上，不知不覺就來到了山上；從枯乾的荒野上不知不覺來到海邊，甚至從夏天的河邊突然變成了寒冬中的冰原。

不只是地理上的位置，連時間都亂七八糟。

簡直就像不擅長收拾的小孩的玩具箱，或是將不合的拼圖硬拼湊在一起。

即使如此，大賢者表示還是能夠相信「方向」與「目的地」。只要別迷失這兩者，就算時間的流逝失去意義，最後也一定能夠抵達。

†

而現在，緹亞忒眼前有位少年。

大概是剛上街買完東西準備回去吧，他提著小小的購物籃，走在一條小路上。

就是**這個**——緹亞忒立即理解狀況。

他就是這個世界新誕生的核心。只要有他在，就算將星神和地神全部帶走，這個世界——〈最後之獸〉也不會消失。

必須消滅他才行。

緹亞忒擋住少年的去路。

少年停下腳步，好奇地看向這裡。

「請問，找我，有事嗎？」

雖然不太流暢，但那是大陸群公用語。

緹亞忒原本打算回答少年的問題——但急忙閉上嘴巴。不可以和少年對話。因為她確信只要談過話，自己的劍就會變鈍。

所以她默默拔出背上的劍——伊格納雷歐。

「咦……」

少年似乎無法理解眼前的對象打算做什麼。他的眼神充滿困惑，茫然地看向這裡。

只要催發魔力，然後揮下手中的劍，這樣就行了。

緹亞忒在心裡這樣說服自己，將劍高高舉起。

然後全力往後跳。

鼻尖閃過一絲炙熱的疼痛感。緹亞忒在短暫浮空的期間勉強調整姿勢，並以膝蓋著地後，察覺那股炙熱感的原因。是銳利的小刀。

「——嗨，緹亞忒。」

她聽見了懷念的聲音。

「果然最早來的人是妳啊。我就覺得應該會是這樣，妳真的很優秀呢。」

「潘麗寶！」

緹亞忒以責備般——不，確實是責備的語氣呼喚對方的名字。

「嗯。是我沒錯。」

然後聽見了與現在的氣氛不太搭，換句話說就是非常符合她風格的回答。

潘麗寶．諾可．卡黛娜從路邊的樹木之間現身。她揮了揮手，示意剛才的小刀是自己丟的。

「啊，順便問一下，緹亞忒妳是一個人來的嗎？」

「……妳是基於什麼目的這麼問？」

「不，沒什麼特別的意義……啊，對了，我現在的立場有點尷尬呢。」

她一個人想通般的點點頭。

那放鬆的姿勢，看在外行人的眼裡應該相當溫和吧。從她攤開雙手擺出的親近姿勢，也很難感覺到鬥志。

不過——緹亞忒知道那是她的備戰架勢。

無論是空蕩蕩的雙手、放鬆的姿勢，還是溫和的視線，對潘麗寶·諾可·卡黛娜來說都不算是破綻。

「妳打算站在什麼樣的立場？」

「如妳所見，我選擇支持這孩子，也就是和妳敵對。」

「這跟平常一樣是在開玩笑嗎？」

「雖然知道別人聽起來像是那樣，但我很少開玩笑呢。」

「妳知道**那個**是什麼嗎？」

「當然知道。是剛出生的，不對，是即將誕生的幼〈獸〉吧。」

——幼〈獸〉。

或許是察覺到緹亞忒的困惑，潘麗寶繼續說明。

「〈最後之獸〉沒有自己的核心，所以必須借用別人的心創造世界，照理說應該是這樣。」

「……的確。」

「但這個世界生下了這個孩子。理應不可能存在的個體，透過從其他人那裡借用少許因子的方式開始存在。這不就是所謂的『誕生』嗎？」

那應該——

不是能笑著訴說的事情。

應該不是能夠積極接受的話題。

「既然知道得這麼清楚，為什麼……！」

「也可以說就是因為知道得很清楚。呵呵，真的是兩條漂亮的平行線呢。」

「潘麗寶。」

緹亞忒舉起伊格納雷歐。

然後隱隱催發魔力。

「唉，妳果然會這麼做呢。」

潘麗寶的右手不知何時已經握住了細長的遺跡兵器。不過她依然維持自然的姿勢站著。高手的自然站姿，其實是透過放鬆的狀態，做好能夠立即應付各種狀況的準備。換句話說，就是澈底進入備戰狀態。

緹亞忒踢了地面一腳，然後將從腳跟底下傳來的爆裂聲拋在腦後。

金屬與金屬碰撞後發出尖銳的聲響。潘麗寶正面接住了緹亞忒揮下的伊格納雷歐。

「哇……」

一道鬆懈的聲音響起。

那位少年在潘麗寶的斜後方跌坐在地。

「啊～蒙特夏因。這裡很危險，你到艾陸可那裡吧。」

即使兩把劍正交疊在一起，潘麗寶仍以悠閒的語氣向少年搭話。

「呃，可是。」

「乖孩子，聽話。沒什麼好擔心的。這位大姊姊和我是從小就認識的好朋友。」

「妳確定要在這個狀況……說這種話嗎？」

「當然要說。還是妳不這麼覺得？」

「我不是這個意思……！」

少年搖搖晃晃地起身，然後跑了起來。中途還不斷擔心地回頭看向兩人。

（雖然……應該追上去。）

潘麗寶當然不會允許緹亞忒離開這裡。兩人的重心受到交疊在一起的遺跡兵器控制，是將往前踏的力道，或是往後退時的姿勢偏差都包含在內，才能維持均衡狀態。

「妳剛才叫他去找艾陸可。星神也在這裡嗎？」

「嗯？哎呀，我說溜嘴啦。」

潘麗寶以毫不愧疚的表情和聲音喊著「失敗、失敗」。

「……我再問妳一次。妳這到底是什麼意思？」

潘麗寶微微揚起嘴角。

「我現在和紅湖伯的魂魄體在一起。她在這裡看見艾陸可後，向我提出一筆交易。」

潘麗寶在說話的同時，看向自己的身旁。

雖然緹亞忒什麼都沒看見，但那裡應該飄浮著只有附身對象能看見的地神魂魄體吧。

不對，現在這不是重點。

「交易……？」

這說法感覺有點奇怪。紅湖伯是被這個世界囚禁的存在之一，是她們要拯救的目標，也是利害關係一致的對象。既然雙方的目的都是逃離這個世界，照理說應該沒有交易的餘地。

「那位地神開始覺得這個世界沒那麼糟糕。」

「啥？」

緹亞忒當然大吃一驚。

「紅湖伯非常疼愛最後的主人艾陸可。她一直期望著能有個讓她過得安全又幸福的世界，並對隨時都有可能終結的懸浮大陸群抱持不滿。所以——」

潘麗寶的視線左右移動，將話題拉回周圍的世界。

「來到這個世界後，她開始思考。或許能在這個世界獲得永遠，然後讓艾陸可一直在這裡幸福地生活下去。」

怎麼會有這麼愚蠢的事情。緹亞忒是這麼想的。

不對，可是……仔細想想，確實有可能實現。這個世界被打造得溫柔又美麗。雖說是冒牌貨，但也無法完全否定這些溫柔和美麗的價值。

「我並非贊同紅湖伯的意見。不過我也有我的想法，所以決定在過程中協助她。」

緹亞忒咬緊嘴唇。

她們是妖精兵。是護翼軍。是懸浮大陸群和當地居民的守護者。是討伐〈十七獸〉的兵器，並為了這個目的被送到這個世界的破壞者。

所以當然，打倒〈獸〉才是正確的道路。搞錯的是潘麗寶。

不過——沒錯，她從以前就是這樣。潘麗寶不會以正確為基準行動。雖然周圍的人只覺得不可思議，但她一直是依照某個堅定的信念在行動。

「潘麗寶……妳這個人，真的是……」

那樣的潘麗寶，才是緹亞忒從小的好朋友。

緹亞忒心裡充滿了哭笑不得的複雜心情。

「我可不會退讓喔。」

緹亞忒像是為了牽制自己，不讓自己迷惘般宣告。

「我想也是。妳這一點真的是很耀眼呢——」

雙方不約而同地將劍往後收。

下一個瞬間，出現了好幾道刀光劍影。緹亞忒揮出的七擊，潘麗寶只用了三擊就架開、化解並迎擊。

「——好快啊！」

潘麗寶吼道。

「——真巧妙！」

緹亞忒回應。

雙方都因為揮劍的反動被彈到各自的後方，軍靴的腳跟摩擦地面掀起沙塵，兩人藉此降低速度，靜止，然後重新對峙。

「好久沒和妳互相交鋒了呢。」

潘麗寶開心地說道。

「自從妳成了英雄後，這是第一次吧。看來實力增強了不少。」

（別開玩笑了。）

緹亞忒在心裡呻吟道。

她當然沒有疏於鍛鍊。和以前相比，她的實力確實是變強了。她有自信自己的實力在面對大部分的人時都能不居下風。

不過，缺乏才能的人不管再怎麼努力，實力還是停留在常識的範圍內。最後能抵達的極限也不難預測。

（潘麗寶是天才。）

沒錯。潘麗寶擁有劍術的才能。

她的劍法多采多姿，兼具正統與奇特。

然後，最讓人不甘心的是，她非常喜歡劍。剛才刀鋒相接的時候，也能感受到她正在全力享受。

（比技術我絕對贏不了。這我很清楚。）

緹亞忒用力踏步縮短距離，揮舞伊格納雷歐。當劍被擋下後，她立刻轉身朝對方的軀幹踢出一腳。結果對方主動靠近躲過了這一招。潘麗寶將拳頭抵在緹亞忒胸前。直覺告訴緹亞忒如果直接吃下這招會很不妙。她硬將手肘往前伸，強硬錯開兩者的重心。

咚。

兩人再次被彈到後方。緹亞忒著地時勉強做出防護動作，迅速起身。

一陣痛楚襲來。卡黛娜的劍身淺淺劃過了緹亞忒的上臂。雖然傷口不深，但還是有流血。

「唉——緹亞忒果然厲害。」

潘麗寶按著自己的側腹低聲稱讚。看來剛才迫不得已揮出的拳頭有打中。話雖如此，還是沒什麼手感，單論傷害是緹亞忒這邊比較不利。

「在迷惘的同時，依然懷抱著迷惘奮力邁進。就是這樣的劍。」

「妳這不是在稱讚我吧。」

「是稱讚喔，而且還是大力稱讚。一般來說，帶有迷惘的劍會變得凌亂，但妳揮出的劍是因為有迷惘才很強。為了不放過任何可能性而持續行動。無論妳自己怎麼想，這都是英雄的特質──不過……」

潘麗寶說到這裡就停了。

她沒有繼續說下去，也沒有那個必要。

緹亞忒很清楚。這樣下去自己一定會輸。

「妳隨時都可以再來。」

潘麗寶平息了剛才催發的魔力。

她單方面地宣告戰鬥結束。

「我和蒙特夏因都不會逃跑。就算想用伊格納雷歐偷襲也行，但我個人是不建議，畢竟那對了解那把劍的對手不怎麼有效。」

「潘麗寶……」

「如果妳是英雄，我就是小丑。是那些不偉大存在的代表兼代言人。當然這些都是我自己說的。我選擇模仿可愛又愚蠢的某人，扮演這個角色。」

潘麗寶揮揮手，轉身背對緹亞忒。

「之後再見吧。」

8. （我的故事）

「哎呀，好像有點太逞強了。」

潘麗寶癱在沙發上說道。

蒙紐莫蘭和喬爾紐馬擔心地靠過來，在旁邊扭動著尾巴和繩子狀的手臂。牠們沒有嘴巴，無法開口說話。

「雖然早就知道了，但緹亞忒果然很強。明明我唯一的優點只有劍，而且還打得相當認真，最後卻是接近平手。這實在讓人有點沮喪。」

「潘麗寶小姐。」

少年——蒙特夏因拿著冰毛巾走進房間。

「喔，少年，你沒受傷吧。」

「我沒事，不過潘麗寶小姐……」

「哈哈哈，我也沒什麼大礙。雖然挨了一拳，但只要像這樣睡一覺……」

「咚——！」

艾陸可跑過來，飛撲似的抱住潘麗寶。

「好痛痛痛痛！」

「不、不行啦，艾陸可，潘麗寶小姐受傷了。」

「不不不，還不到受傷的程度，只是被英雄之拳打到骨頭麻痺內臟翻騰而已痛痛痛！」

「我覺得那樣就算受傷了。」

少年將毛巾交給她。

「你說的沒錯錯錯錯！」

潘麗寶痛苦地勉強拉開艾陸可，讓她坐在自己的腿上。然後重新掀起衣服，將毛巾貼在腫起來的部位。

「……沒有把我的話照單全收呢。看來你變聰明了不少。」

「是這樣嗎？」

「你開始會自己思考了，可以為此感到驕傲喔。雖然想變聰明這條路，之後會愈來愈難走呢。」

雖然聽不太懂，但這應該是稱讚吧。真令人開心。
不過，現在還有更應該思考的事情。
「妳說那個人是妳的好朋友。」
「嗯。」
「好朋友就是朋友吧。」
「嗯，沒錯。」
「居然和朋友做出這種會痛的事情。都是我的錯。」
「這不算什麼。這也是友情的其中一種形式，不需要在意。」
「是這樣嗎？」
「就是這樣。」
潘麗寶一臉得意地點頭。
「怎麼了，吵架了嗎？不可以吵架喔。」
艾陸可嘟起嘴巴說道。
既然艾陸可這麼說，表示吵架是一件壞事。
應該是這樣沒錯。所以——

「為什麼妳要保護我？」

少年不懂潘麗寶為何寧願做出吵架這種不好的事情，也要擊退那位女性。

「我一定是不好的存在。我不在一定比較好。」

「嗯，為什麼你會這麼想？」

「我也不知道為什麼。」

只能說有這種感覺。

硬要找理由的話，就是剛才見到那位女性的時候。她用非常難過的表情看著自己。

既然讓別人露出那種難受的表情，一定是不好的存在。

「嗯。居然學會這種多餘的知識。我可不記得有教過你好壞或對錯這類無聊的東西。」

「無聊的東西？」

「沒錯，正確根本一點用也沒有。真要說起來，就算你是不好的存在，那又有什麼不好？」

「咦……呃……？」

既然是不好的存在，那就是不好吧。

別說是問題的答案了，少年連問題的意義都聽不懂。不好。不好的東西就是不好。不好和沒有不好。不好是一件壞事，但好和正確一點用也沒有。到底是怎麼回事。

「以正確為理由做出選擇，等於是走向如果沒有正確這種裝飾，就不會選擇的道路。這樣跟趁著酒興做決定沒什麼不同，同時對選項本身也非常失禮。當然，也有人是在明白這點的情況下，活用這種不需要思考的作法。」

說完後，潘麗寶放下艾陸可，從沙發上起身。

她站在蒙特夏因面前。

「既然緹亞忒來了，表示時間所剩不多。我現在就告訴你，你在不遠的將來要面對的選擇吧。」

潘麗寶溫柔地摸了一下少年的頭髮。

「這個世界持續成長，而且看來也開始出現裂縫。能繼續保持無知的時間已經所剩不多了。」

「咦……」

「你馬上就會成長為毀滅外側世界的邪惡存在。你會替許多你不知道的存在帶來毀滅，讓自己獲得無限的安寧。在這個情況下，以我的立場實在無法支持你。」

潘麗寶聳肩。

「如果不想變成那樣，你只能接受自己的死亡。在這個情況，即使力有未逮，我還是會幫忙。」

「……那種事。」

「做決定的人既不是緹亞忒也不是我。是由你決定，由你來選擇。」

潘麗寶突然重重嘆了口氣——

「我來這裡是為了守護那個選項。看來這個工作很快就要結束了。」

然後露出有些寂寞的笑容。

†

早晨來臨——

少年一直沒出來吃早餐。

即使擁有人族的外表，他依然並非人族。他原本就是不需要睡眠的存在。艾陸可他們睡著後的夜晚，他總是無事可做地度過無聊的時間。所以早上也比誰都早開始行動。這樣的他，唯獨今天——

「早餐要冷掉了。」

艾陸可嘟起嘴巴，坐在椅子上搖晃雙腿。一直放著她不管也不太好。

「沒辦法。艾陸可，去把他拍醒吧。」

「去打他嗎？」

「用拍的，而且別太大力，要是他再也起不來就麻煩了。」

「我知道了。」

艾陸可跳下椅子，衝了出去。蒙紐莫蘭等神祕的異形生物也跟著追上去。潘麗寶喊了句：「不可以在走廊上跑喔～」邊看著他們離開。

『……妳到底打算怎麼樣？』

從旁邊空蕩蕩的地方傳來只有潘麗寶聽得見，類似中年婦女的聲音。

「紅湖伯，妳這個問題是什麼意思？」

『到頭來，妳究竟想怎麼處置那個〈獸〉的核心之子。是希望他成長，還是希望他死？』

「兩者皆非。硬要說的話，是希望他好好煩惱這兩個選項。現在的他，應該能夠好好思考這兩個選項的意義吧。」

『意思是想讓他受苦嗎？真是不錯的興趣。』

「我只是不喜歡隱瞞一切去利用他人的作法。話說妳之前不是說要睡一段期間嗎？」

『原本是這麼打算的，但不知為何就醒了……』

一條紅色的大魚從潘麗寶眼前經過。

即使伸手去摸也摸不到的幻魚。那是紅湖伯的魂魄體，因為只有精神存在，所以只是看起來在那裡而已。

『我有不好的預感呢。』

「妳再怎麼說都是地神，別隨便說這種不吉利的話啦。」

『哎呀，討厭啦，好久沒被當成神對待了。』

「沒這回事，我從平常一直沒有忘記對你們的敬畏喔。」

『誰知道呢。』

大魚抗議似的當場在空中翻了一圈。

『總之對我來說最優先的事情，是讓艾陸可有精神地生活。為了這個目的，不管是要創造還是破壞世界，我都不會猶豫。如果讓那個〈獸〉之子繼續成長就能達成目的，那我覺得也未嘗不可。』

「不過這樣地神就無法奪回二號島。會導致艾陸可喜歡的懸浮大陸群毀滅喔？」

『……這個世界是可以出入的。應該可以在完全毀滅前，讓一些生物逃到這裡吧。』

「真是個好主意，不愧是從神的角度在思考呢。不過如果採多數決就沒勝算囉。」

『我這麼說並沒有惡意……而且我也不討厭妳們這些妖精。畢竟妳們是誕生自艾陸可的碎片。』

「我知道，雖然表現方式真的是超脫凡俗，但妳確實是充滿愛情的存在——」

哎呀。

潘麗寶中斷對話，看向屋內的深處。

「真奇怪。」

『嗯？』

「艾陸可沒有回來，也沒聽見聲音。包含蒙紐莫蘭牠們在內，感覺不到任何的氣息。而且不知為何聽得見風聲。」

『……喂！』

潘麗寶沒有回應焦急的紅湖伯，直接衝了出去。

蒙特夏因的房間裡一個人也沒有。

雖然那個房間原本就沒什麼東西，只在牆邊放了一張簡樸的床。床上放著一張紙。

上面只寫了一句話。

——對不起。

而且是用剛學會的拙劣筆跡寫的。

「嗯。」

紙上面壓了一顆綠色的石頭。那是前幾天去河邊玩的時候，因為覺得顏色很漂亮而撿回來的石頭。

至於為何需要壓重物，是因為有風吹進房間裡。

而那些風是來自房間裡的窗戶，那裡被大大地敞開著。

『妳怎麼還這麼冷靜！』

紅湖伯大聲喊道。

『這狀況很明顯是那樣吧！艾陸可一定是跑去追那孩子了！』

「從現場的狀況來看，應該是那樣沒錯。」

蒙特夏因晚上什麼都沒說，就離家出走了。然後剛才發現這件事的艾陸可，沒和潘麗寶商量就自己去追他了。

這間妖精倉庫的主人，原本就是那兩人。蒙紐莫蘭等異形，是〈最後之獸〉讀取艾陸可精神後再具現出來的存在，類似有實體的塗鴉。兩人離開後，就會因為沒有存在的意義而消失。

『怎麼辦，現在不是說什麼二選一的時候了！在這個世界，如果讓他們跑到妳無法干涉的地方，根本無法預期會發生什麼事！』

紅湖伯喊出的話很有道理。事到如今，他被迫面對的二選一的意義已經大不相同。不僅如此，還出現了「持續拒絕做出選擇」這個新選項——或許之後還會再出現其他更加不同的未知選項。

「好吧。蒙特夏因，看來這是你選擇的道路。」

潘麗寶看向窗外不平靜的森林深處低喃。

「去吧。即使迷惘或痛苦，你也要抬頭挺胸地走在自己的路上。至少單就這趟旅程，我發自內心地給予祝福。」

「世界的盡頭」
-world's edge-

懸浮大陸群總是面臨著毀滅的危機。

這個說法，從以前一直流傳到現在。在地表世界毀滅時，他們遠離地面逃離〈十七獸〉。不過，以這種方式獲得的安全十分脆弱，被認為只要出一點小差錯就會全部墜落至地面。

實際上連這麼想都過於樂觀。畢竟這些島原本就是傾注了莫大的力量和付出龐大的犧牲後，才得以浮在空中。即使表面上只是普通的日常生活，但為了維持那種生活，果然還是得持續傾注莫大的力量和龐大的犧牲。只要稍微有所懈怠，連「一點小差錯」都不需要，一切就會輕易終結。

結果那「一點小差錯」持續被防範於未然，「莫大的力量和龐大的犧牲」也持續被投入，這兩件事就這樣維持了五百年以上的時間，讓懸浮大陸群一直是空中的樂園。

即使如此。

就算都沒有人犯錯，就算每個人都持續走在自己認為正確的道路上。末日還是會在**某一天**來臨。

而那個**某一天**就是現在。

首先墜落的是八十六號懸浮島。

聽見這個報告後，某人鬆了口氣。

雖說是八十六號，但那只是個位於懸浮大陸群外圍的偏僻小島。那裡沒有任何種族定居，也沒有重要的歷史遺跡。雖然島嶼墜落是件令人難過的事，但可以說是最低限度的犧牲。和十五號島與四十七號島墜落時相比，甚至可以說是毫無損失。

聽見相同的報告後，某人不悅地咋舌。

島嶼墜落這種事確實不是第一次發生，也不是什麼稀奇的事情。懸浮大陸群至今已經失去過許多懸浮島。

不過這次的性質和之前不一樣。既沒有受到〈十七獸〉的襲擊，也不是因為被破壞到無法繼續當成懸浮島利用，單純只是因為失去了繼續懸浮的力量才墜落至地面。那和他們所知的〈獸〉是不同的危險，是懸浮大陸群的新威脅。

同樣也是聽見相同的報告，某人澈底陷入絕望。

八十六號懸浮島因為失去浮力墜落地面。這表示懸浮大陸群讓各個島嶼持續飄浮的力量衰退了。

懸浮大陸群整體的規模已經開始縮小。島嶼之間的距離縮短，有些甚至會互相接觸。八號島和九號島前陣子發生了大規模衝突，釀成了嚴重的事件。

除此之外，有些懸浮島之後也可能因為相同的原因開始墜毀。有個假說是懸浮島之間的距離縮短後，或許會讓一些島嶼無法繼續留在懸浮大陸群的範圍內，就這樣被推到外側。雖然前陣子這還只是「理論上有可能發生，最好事先做好準備」程度的問題，但實際失去了八十六號懸浮島後，現在已經成了必須正視的問題。

「請盡快對各懸浮島的目前位置進行精密調查，特別是高度。」

那個某人——菈恩托露可・伊茲莉・希斯特里亞臉色蒼白地指示護翼軍進行調查。

幾天後確認過報告，她又再次陷入絕望。

每個數字都亂七八糟。所有懸浮島擅自飄浮在原本不可能抵達的位置。同時還附上了既存的航線變得無法使用，讓無法正常飛行的民間飛空艇抱怨連連的報告。

菈恩托露可做出了結論。就像已經脫離懸浮大陸群的八十六號懸浮島一樣，之後還會再失去三座島。

首先是七十九號懸浮島會墜落。

再來是八十三號懸浮島。

最後則是七十六號懸浮島——

（——唉。）

她知道這一天遲早會來臨，也早已做好了覺悟。

不過，實際面臨這個狀況後，她果然還是無法保持平靜。

七十六號懸浮島。

可以說是黃金妖精們故鄉的妖精倉庫就在那裡。

†

「——呼。」

男子靠在牆壁上吐了口氣，像是已經精疲力竭。

他並非真的很疲憊。男子以前經歷過嚴苛的鍛鍊，所以這點程度的運動還不至於影響到他的狀況，何況他現在的身體別說是休息和睡眠了，連進食和呼吸都不需要。

（不對……不是這樣。）

或許這個身體現在仍需要休息、睡眠、進食和呼吸，但寄宿在這個身體裡的精神已經想不起來那些事情的重要性。所以這個身體才無法像以前那樣休息。明明是這樣的狀況，他現在卻因為一時興起想要模仿那些事情。

沒錯，這是在想模仿正常人休息。

因為精神持續被磨耗，失去了所有餘裕，所以才想裝出尚有餘力的樣子。或是肉體和精神的不一致，讓他在這方面產生了異常。

「這裡的守護者有那麼強嗎？」

少女探出頭，用平淡的語氣問道。

「不。」

男子搖頭。

「單論強弱，確實是有點棘手。不僅又硬又快，還會使用莫名其妙的遠距離攻擊，甚至會分析我的動作進行預測。難纏的程度和幼龍差不多。」

「嗯……我沒看過你拿來比較的對象，所以不太能想像呢。」

「姑且算是最強等級的障礙，但依然只是現在的我就能應付的程度。妳那邊的狀況怎麼樣？」

「嗯。進行得勉強還算順利。」

「勉強啊。」

男子淺笑。

「只是勉強，沒辦法再更進一步。畢竟如果只看本質，這座島現在就相當於四位沒有名字的地神。」

「唉……的確。」

男子曖昧地附和，同時看向牆壁。

話雖如此，那是一面看不見的牆壁。那面牆似乎是用和玻璃一樣，能讓所有光線穿透的物質製成，所以可以直接看見對面的所有景色。也就是光看就讓人覺得會被吸進去，遼闊到看不見盡頭的星空。

然後，在那片景色底下——

「簡直就像玩具呢。」

男子低聲評價那幅景象。

底下是遼闊的灰色大地。如果只是這樣，那就和從懸浮島的邊際往下看一樣，是在懸浮大陸群的各處都能看見的景象。實際上，這裡也確實算是這座**懸浮島**的邊際。特別的地方在於高度。

這裡定義上仍屬於懸浮大陸群的內側，但所在的高度能夠俯瞰其他的所有懸浮島。比世間所知的高度最高的五號島還要高，也遠比連存在都被隱藏起來的超高度島二號懸浮島還高。

所以從這裡可以俯瞰整個懸浮大陸群。

對現在還活著的所有人來說，那就是整個世界。從遠處望過去，那裡就像小石子或沙粒般又小又脆弱。

「不管什麼東西，都是要靠近一點才能看得清楚。」

少女站到男子旁邊，看向相同的東西。

「反過來講，不管什麼東西，都是距離間隔得愈遠，就愈看不出所以然。」

「這段話真是哲學呢。」

「是嗎？」

少女困惑地問道。

「不過還滿有說服力。到頭來就是那樣吧。」

「嗯。」

兩人就這樣心不在焉地眺望著整個世界。

懸浮大陸群是無數懸浮島的集合體。

其中特別大的幾座島會按照與中央的距離編號，距離愈短號碼就愈前面。雖然在漫長的歷史中失去了幾座島，但現在仍有數十座被編號的懸浮島飛在空中。

從懸浮大陸群的正上方往下看時，愈靠近中心的島，數字就愈小。例如妖精倉庫所在的六十八號懸浮島算是相當偏僻的邊境，科里拿第爾契市所在的十一號島幾乎可以說是位於懸浮大陸群的中央。住在六號到九號島的貴翼帝國居民，總是傲慢地自認為坐鎮在世界的中心，某方面也是基於地理上的事實。比五號懸浮島還要內側的島幾乎都是不容侵犯的聖域——只有眾神與其相關人士能夠進入。

「啊。」

少女的視線從牆壁移向走廊深處。一個長得像散發漆黑光澤的大型自律人偶（Golem）的某種東西，正以緩慢的動作朝這裡靠近。

「還有啊。會不會放太多守護者了？這裡平常應該沒那麼多訪客吧。」

男子嘟囔完後離開牆壁，空手擺出架勢。

「就是因為平常沒什麼訪客，所以萬一出現入侵者，一定都是難纏的傢伙。必須全力做好迎擊的準備——紅湖伯是這麼說的。」

「真受不了，怎麼每個地神都在這種奇怪的地方特別周到啊。」

男子在抱怨的同時，握緊拳頭。

後記／即將邁入尾聲

因為有想守護的地方，所以戰鬥；因為有想見的人，所以揮劍。雖然絕對不會認為那段日子是錯誤的，但在面對某個問題時，刀劍們還是產生了迷惘——我們的劍，究竟打算斬斷什麼？

這故事或許就是這種感覺，在此獻上《末日時在做什麼？能不能再見一面？》第十集。

如果要對先看後記的讀者們爆雷，那就是這次入侵結界的妖精兵中，有一個人會對緹亞忒舉劍相向。我沒有說謊。真的沒有說謊。

那麼，因為是已經透過媒體公開的情報，或許有許多人知道本作《末日時在做什麼？能不能再見一面？》系列將在下一集，也就是第十一集完結。這集的內容剛好是最終章的前篇，故事會在後篇完結。

之前常說會盡全力將這系列寫下去，如今故事終於要在最後抵達的地方落幕，也就是旅途最後的約定之地。真是讓人感慨萬千呢。

回想起來，真的發生過很多事。許多事情在我的腦海中，像是昨天才剛發生般鮮明。我曾經唸唸有詞地拿著原稿在附近散步，然後被狗叫，不對，這是昨天發生的真實回憶。我也曾經因為腦袋裡都在想原稿的事情，忘記稀釋就直接喝了濃縮黑醋，不對，這是前天的回憶。

不好意思，因為我正忙著寫下一集的原稿，所以這次的後記情緒變得有點奇怪。喂，那邊那個人，別說平常就是這樣。

實際上（除了狗的事情以外）真的發生過很多事，因為故事即將邁入結局，我想跟大家說的事情真的是堆積如山，但如果全寫在後記裡，不管有幾頁都不夠用。

話說我之前應該也曾在某一集介紹過，會適當討論動畫的廣播節目「そこ☆あに」增刊號，曾頻繁地替本系列製作特輯。我每次被找去當來賓時，都會直接開啟各式各樣的話題，所以一些累積的話題就到時候再說吧。

我偶爾會在那裡聊一些作品內幕，雖然不知道也不會對閱讀本篇故事造成影響，但有些事知道後或許會變得比較有趣，還沒聽過的讀者請務必找機會聽聽看。

增刊號以外的正式節目是評論動畫的廣播節目，我也有受邀參加過一次（當時本來是混在聽眾當中悠閒地聽正式錄音，然後就被作為驚喜釣上台了）。這部分也請不吝收聽。

暗號是「一點都不過分喔」。

在撰寫本系列作的期間，我從讀者（或者說是動畫的觀眾）們那裡收到了許多聲援。從男性到女性，從年輕人到年長者，還有從國內到國外，真的收到了非常多感想。社群網站上當然不用說，還曾經透過編輯部收到實體信件。雖然基於種種因素無法回信，但很感謝大家的鼓勵。

因為不知道下一集最後能不能像這樣跟大家打招呼，所以雖然有點偷跑，請讓我趁這時候道謝。謝謝大家！

那麼，故事終於要邁向最終局面了。

因為寫這篇後記時還沒有完成，所以沒辦法說得太肯定，但如果按照預定計畫，這本書出版後的下一個月應該就能在書店看見……不過……到底會怎樣呢……希望可以實現……嗯……

那麼，但願我們能再次在那片逐漸封閉的世界的天空下相見。

二〇二一年　春

枯野瑛

國家圖書館出版品預行編目資料

末日時在做什麼？能不能再見一面？/ 枯野瑛作；李文軒譯. -- 初版. -- 臺北市：臺灣角川, 2022.01-
冊；　公分. -- (Kadokawa fantastic novels)
譯自：終末なにしてますか？もう一度だけ、会えますか？
ISBN 978-626-321-110-0(第9冊：平裝). --
ISBN 978-626-321-670-9(第10冊：平裝)

861.57　　110018997

Kadokawa
Fantastic
Novels

末日時在做什麼？能不能再見一面？ 10

（原著名：終末なにしてますか？もう一度だけ、会えますか？#10）

2022年8月10日 初版第1刷發行
2023年10月16日 初版第2刷發行

作　者：枯野瑛
插　畫：ue
譯　者：李文軒

發行人：岩崎剛人
總編輯：蔡佩芬
編　輯：楊芫青
美術設計：李思穎
印　務：李明修（主任）、張加恩（主任）、張凱棋

發行所：台灣角川股份有限公司
地　址：104台北市中山區松江路223號3樓
電　話：（02）2515-3000
傳　真：（02）2515-0033
網　址：www.kadokawa.com.tw
劃撥帳戶：台灣角川股份有限公司
劃撥帳號：19487412
法律顧問：有澤法律事務所
製　版：巨茂科技印刷有限公司
ISBN：978-626-321-670-9

SHUMATSU NANISHITEMASUKA? MO ICHIDO DAKE, AEMASUKA? Vol.10

First published in Japan in 2021 by KADOKAWA CORPORATION, Tokyo.
Complex Chinese translation rights arranged with KADOKAWA CORPORATION, Tokyo.